TUMULTE

EN TERRE HAUTE?

03/01/2015

À

Mme Dubois.

Triomphe !

TUMULTE

EN TERRE HAUTE?

un roman

Un royaume qui devrait exister.
Une réflexion sur Haïti.

Roland Rodené

TATE PUBLISHING
AND ENTERPRISES, LLC

This book is designed to provide accurate and authoritative information with regard to the subject matter covered. This information is given with the understanding that neither the author nor Tate Publishing, LLC is engaged in rendering legal, professional advice. Since the details of your situation are fact dependent, you should additionally seek the services of a competent professional.

The opinions expressed by the author are not necessarily those of Tate Publishing, LLC.

Published by Tate Publishing & Enterprises, LLC
127 E. Trade Center Terrace | Mustang, Oklahoma 73064 USA
1.888.361.9473 | www.tatepublishing.com

Tate Publishing is committed to excellence in the publishing industry. The company reflects the philosophy established by the founders, based on Psalm 68:11,
"The Lord gave the word and great was the company of those who published it."

Book design copyright © 2014 by Tate Publishing, LLC. All rights reserved.
Cover design by Niño Carlo Suico
Interior design by Mary Jean Archival

Published in the United States of America

ISBN: 978-1-63449-023-8
Foreign Language Study / French
14.10.29

Remerciements

Ma gratitude va à l'endroit de ces gens, *alma maters* et lieux: Professeur Anthony Woart, Prof. Joel Sheveloff, Prof Luc Rémy, Martin R. Gabriel, Boris Khurgin, Frantz Jean Baptiste, Jonas Nosile, Marie Vasquez Pierre Brasilia ; École Primaire Sœur Ste Anne de Les Anglais, Lycée Philippe Guerrier des Cayes, Somerville Project Scale, Boston University ; Les Anglais, Haïti, mon lieu de naissance, Haïti, mon premier pays, les États-Unis, mon deuxième pays et ma famille entière, spécialement ma maman, Célanie St Luc Rodené, ma tante Emma Charles, mon oncle Marc Rodney, mon épouse Mona L. Rodené et mon fils Josué L. Rodené.

Roland Rodené, auteur de *Cynbel & Zothia*, son premier roman, un classique qui révèle un certain passé positif d'Haïti avec fantaisie et charme, présente son second roman, *Tumulte en Terre Haute ?*, une découverte qui connaît plusieurs visages. Cet homme originaire d'Haïti, qui est maintenant Terre Haute dans ce roman, souhaite qu'Haïti réponde à son appel : que toutes ses sœurs ensemble, avec leur Créateur, espèrent aussi.

Beaucoup de démarches seront entreprises pour conduire Terre Haute sur cette voie.

—Anthony Samedi

Table des matières

Introduction

C e roman, ***Tumulte en Terre Haute ?***, est en train de chercher si « Terre Haute », qui est Haïti, doit se convertir politiquement. En même temps, le roman propose aussi avec ses personnages un chemin pour que ce message soit proclamé afin que Terre Haute accomplisse sa mission. Les sœurs de Terre Haute ne peuvent attendre de voir son élévation. L'une d'entre elles est disposée à l'aider. Une nièce de Terre Haute est plus dévouée dans cette tâche que son fils natal qui l'avait découverte.

Tumulte en Terre Haute ? encourage les personnes originaires d'Haïti, à l'intérieur et à l'extérieur du pays, et le reste du monde, à contribuer à la réalisation de cet évènement prophétique et visionnaire : Terre Haute, la présente terre de détresse, sera la terre des nations et la terre de refuge, avec toutes ses ressources.

Tumulte en Terre Haute ? tombe dans la catégorie d'une narration de culture haïtienne et d'un roman chrétien. L'histoire et la culture haïtiennes sont intégrées. Des mystères et fictions dominent.

Un esprit ouvert et un cœur empli de compassion sont nécessaires pour lire *Tumulte en Terre Haute ?* dans le but de l'apprécier.

—Roland Rodené

En Bas-Morne

Après 13 ans, Anglaisien retourna dans sa commune natale, Les Anglais, pour revoir ses parents, ses amis et surtout quelques lieux de son enfance. Il gardait « En Bas-Morne » pour sa dernière visite. Deux jours avant son départ pour Porta-Principia, avant de retourner dans son deuxième pays, Aggloméra, il décida de visiter à nouveau En Bas-Morne.

Ce lieu porte bien son nom. C'est une masse de terre assise sur un rocher muraillé, très bien protégée par cet ensemble, localisée entre Les Anglais et la Cahouane, servant de rivage pour cette partie de la mer des Antilles. Les hautes et ronfleuses vagues de la mer des Caraïbes de Les Anglais et de La Cahouane ne font que frapper fortement et constamment l'ensemble de ce rocher. On ne pouvait imaginer les risques que certains élèves de la Cahouane avaient pris quotidiennement pour venir à l'école à Les Anglais. Le retour des vagues brisées crée parfois un petit lac blanc de mousse temporaire. Les petits rochers éparpillés sous la pente de l'ensemble ressemblent à des îlots au fur et à mesure que l'eau mousseuse du petit lac se retire.

Anglaisien prit avec lui trois de ses amis pour se rappeler leurs aventures et amusements d'enfance. Durant ces moments, ils avaient l'habitude de compter sept vagues, et après, de courir pour traverser vers la Cahouane et saisir une autre occasion de faire de même pour retourner vers Les Anglais.

En Bas-Morne a une autre réputation, à part celle qui veut que l'on puisse être noyé et écrasé en un instant par des vagues féroces ; c'est aussi l'habitat de « Sarasin », d'après les dires. Selon la légende haïtienne, Sarasin est un diable ou un démon qu'on peut engager pour obtenir richesse ou argent en lui donnant les types de gens qu'il réclame, toujours selon les dires des personnes de cette région et du reste du pays. Ses amis et lui ne pouvant pas répéter leurs exercices d'antan à cause de leur manque actuel de souplesse physique, ils décidèrent de revenir pour aller au-dessus du rocher pour la première fois. Après tant d'efforts, ils y parvinrent. Lui, Anglaisien, remarqua un trou qui pouvait les conduire au fond du rocher.

Il voulut descendre parce qu'il était toujours plus brave que ses amis. Orphelin depuis l'âge de douze ans, il était le seul survivant d'un accident de voiture en compagnie de son père, sa mère et ses deux grandes sœurs en descendant « Morne Tapion », revenant de Port-au-Prince pour les Cayes après les funérailles de son grand-père maternel, Durocher Marc-Luc.

Il avait été élevé aux Cayes, bien que né par accident à Les Anglais, la commune natale de sa mère Jimanie Marc-Luc Sudois, avec son oncle paternel Luc Sudois. Mais, il était toujours de la partie à Les Anglais et Chardonnières depuis son enfance en compagnie de sa mère et après la mort de celle-ci, durant presque toutes les vacances scolaires et surtout celles d'été.

De plus, vivant en Aggloméra, il était beaucoup plus éclairé qu'eux maintenant de par ses 13 ans, mais ses amis l'empêchèrent pour de bon. « Tu vas rencontrer Sarasin dans son propre camp, il ne te laissera pas revenir vers nous ! », dit l'un d'entre eux. Les deux autres étaient d'accord avec lui.

Lui, Anglaisien, ne faisait que penser à l'endroit où ce trou pouvait le mener et à ce qu'il y avait à l'intérieur. Il se souvint de l'analogie de la grotte de Platon et il se dit : *Peut-être que quelques Indiens vivent toujours dans cette grotte, j'irai les affranchir*. Cette motivation, aller affranchir les Indiens, dominait beaucoup plus en lui que l'envie de rencontrer Sarasin.

Lui, Anglaisien, était tourmenté. Il se disait : « Pourquoi ai-je vécu 13 ans en Aggloméra, un pays développé en tous les sens, et n'ai-je pas le courage de descendre dans un trou pour constater ce qu'il en est ? Ce que n'importe quel gamin de mon deuxième pays ferait si facilement ». Il ne mangeait pas !

Il était frustré ! Il faisait les cent pas. Il ne parlait à personne. Il repoussait tous ceux qui venaient vers lui. Il restait seul. Sa seule solution, c'était de retourner à En Bas-Morne.

Le soir arriva. Il y retourna seul. Cette fois-ci, en côtoyant le rivage dans une noirceur immense, marchant sur des roches et des graviers mélangés avec du sable. Il évita la grande route pour ne pas être vu ni gêné par quiconque.

De mauvais esprits d'empêchement et de contrariété l'intimidèrent au cours de son cheminement en le poussant à se taper les pieds contre des roches et à heurter certains arbustes. Il leur résista jusqu'au sang en répétant : « Le sang versé de Jésus-Christ, le Fils de Dieu, à la croix. »

En tâtonnant, il atteignit le sommet. Il fallait maintenant descendre ! Mais de mauvais esprits voltigeaient partout. Ils venaient de la mer en face de cette montagne. Ils venaient de devant et de derrière les montagnes. Il avait peur, jusqu'à envisager la mort, et il pensait ainsi : « Est-ce que je vais rencontrer Sarasin ou des Indiens ? »

On racontait que Sarasin s'habillait en uniforme de général de l'armée et que parfois, il sortait de cette cave, sa demeure, pour terroriser les gens qui voyageaient à pied ou sur leur monture sur le sentier derrière sa demeure. Quand il ne voulait pas les laisser passer, il s'asseyait sur une grande dodine au beau milieu de la route. Mais, quand il voulait leur céder le passage, il se déplaçait.

Pour les Indiens, dit-on, cette cave était un refuge pour ceux qui fuyaient la barbarie des nouveaux venus du nouveau monde. Quelle décision pour lui, Anglaisien ? Lui, Anglaisien Sudois, devait prendre une décision. « Que je descende ou que je sois un poltron pour le reste de ma vie ! » Il était décidé à descendre, quoi qu'il arrive. Il le fit ! Quel vide silencieux. « Est-ce que je suis dans une portion de la grotte Marie-Jeanne de Port-à-Piment ? Je ne vois aucune représentation de Sarasin, contrairement à ce quoi je m'attendais. Je n'entends aucun bruit de mauvais esprit, comme je l'espérais. Pas d'Indiens non plus ! Je n'entends aucun bruit, pas même celui des vagues. Drôle de coïncidence, tout cela m'effraye beaucoup plus qu'une présence diabolique ou qu'un petit nombre de survivants indiens que j'espérais rencontrer. »

Lui, Anglaisien, avait peur pour de bon en dépit de sa nature brave, selon ses parents et ses amis. Il hésitait ! Il ne voulait pas avancer ni reculer. Il était bloqué ! Ses genoux tremblaient ! Son cœur battait à une vitesse incroyable ! Il ne faisait que répéter le nom de Jésus dans son cœur palpitant. Il commençait à s'essouffler ! Son abdomen bouillait comme une chaudière d'eau placée sur un boucan de feu. Il allait se salir le pantalon quand il tourna à gauche en direction de l'ouest et aperçut de la clarté et une sorte de silhouette, celle d'une grande femme. Il était détendu. Avant même de parler, il entendit la silhouette s'exprimer ainsi : « Béni sois-tu, mon Créateur ! Tu m'as envoyé un fils ! Ma cause va être révélée. Moi, Silhouette Terre Haute, je me réjouis ! Je danse ! Je ballotte çà et là ». Puis elle dit :

— Bienvenu ! Je suis ta maman ! Je t'attendais.

Pourquoi ?

Il comprit tout de suite quel était le personnage qui lui avait parlé et il déclara, comme s'il n'avait aucune peur :

— Personne ne l'aurait cru ! Tu as été habitée en premier lieu par les gens les plus paisibles. Ils t'avaient séparée en cinq royaumes ; festivités et loisirs étaient leur mode de vie au milieu de l'idolâtrie et du précieux métal jaune, l'or. Depuis leur enlèvement, tu es devenue plus tumultueuse ! Tu fonctionnes dans un tumulte tantôt abusif, exploiteur, ravagé, révolutionnaire, ingrat, dictatorial, démagogue, lâche, incompétent, complexé, tantôt indifférent. Pourquoi ?

— Qui es-tu ? Pourquoi oses-tu me poser une telle question ? demanda Terre Haute.

— Je suis Anglaisien, l'un de tes fils, chrétien et patriote. Je suis déterminé à connaître tous tes mystères. Ton vrai nom, s'il te plaît ?

— Terre Haute ! Cela va te coûter !

— Un nom ordinaire ou mystérieux ?

— J'ai ce nom depuis ma création, mon évolution et mon émergence !

— Donc, c'est ton vrai nom ?

— Je ne le perdrai jamais !

— Ton nom constitue ton physique aussi ?

— Oui !

— La signification mystérieuse de ce nom, s'il te plaît ?

— Je suis la mère de toutes les autres terres !

— C'est ridicule ! Et comment cela ?

— Leurs enfants viendront à moi et ils deviendront mes enfants aussi !

— Tu auras assez de place pour les héberger ?

— Ceux qui ne trouveront pas de place, je les nourrirai de loin !

— Avec quoi ?

— Avec mes richesses, quand elles seront exploitées !

— Savent-ils cela ?

— Ils le sauront et ils le réaliseront !

— C'est pourquoi il y a ce tumulte ?

— Voilà !

— Parle-moi de ton état à travers ce tumulte ?

— Moi, Terre Haute, je suis fatiguée de cette vie tumultueuse. Je suis tourmentée. Je deviens une terre sans clôture. Je suis la proie de n'importe qui. On m'abuse, m'exploite et me dévore sans raison. Personne n'a pitié de moi. Mes propres fils sont entrés en compromis contre moi. Ils ne sont pas des patriotes ! Mes patrimoines ont presque tous disparu. Les maigres restes sont dilapidés. Et ils sont méprisés par les fils des autres qui les appréciaient grandement.

— Comment les éclairer ? demanda Anglaisien avec pitié.

— Tu es brave ? lui demanda Terre Haute en retour, remarquant sa pitié.

— Je suis ton descendant, Anglaisien !

— Tu n'es pas égoïste ?

— Je peux me maîtriser !

— Tu sais prier le vrai Dieu au nom de Jésus-Christ son Fils ?

— J'apprends de temps en temps à son sujet !

— Veux-tu être volontaire ?

— Je n'ai pas d'autre choix !

— Bon, il paraît que tu es d'acajou ! Va prier, méditer et réfléchir ! Puis reviens vers moi !

Il retourna chez lui très content du fait qu'il était sur le point de découvrir beaucoup de mystères de sa maman, Terre Haute. Une semaine plus tard, il la retrouva. Elle était joyeuse de constater son sérieux. Il était revenu !

— Bonjour Maman, dit Anglaisien avec contentement.

— Bonjour Anglaisien, répondit Terre Haute avec joie.

— Maman, je suis de retour.

— Tu tiens tes promesses ! Mes compliments ! Tu as prié, médité et réfléchi ?

— Oui, Maman !

— Pose tes questions à ta maman.

— Merci bien, Maman. Il y a beaucoup d'évènements qui ont eu lieu dans ta maison et je ne les comprends pas. J'aimerais que tu m'aides à les saisir.

— Vas-y, mon fils.

— Maman, avec tout le respect que j'ai pour toi, pourquoi as-tu laissé tuer tes premiers enfants jaune-rouge ?

— Mon fils, mon Créateur et moi haïssons l'idolâtrie ! Ils ne voulaient pas abandonner cette pratique ! J'ai collaboré avec le juste Juge !

— Dieu et toi les avez livrés à des ravisseurs ?

— Mon Créateur fait ce qu'Il veut, quand Il veut, où Il veut et avec qui Il veut. Il est souverain !

— Tu dis que tu hais l'idolâtrie. Est-ce vrai ?

— C'est plus que vrai ! répliqua énergiquement Maman.

— On t'appelle l'île magique, le bastion du vaudou ! Plus précisément, la péninsule magique, ce qui semble vrai. Qu'en dis-tu ?

— C'est comme ça qu'on m'appelle, c'est ce qu'on souhaite de moi. Mais je ne le suis pas, expliqua sa mère.

— En ce sens, qui es-tu alors ?

— Je suis l'un des paradis de Dieu !

— Comment l'affirmer ?

— Tu ne te souviens de rien à propos de Colombo ? questionna la mère.

— Si, bien sûr !

— « J'ai découvert le paradis de Dieu ». C'était sa déclaration à mon endroit lorsqu'il s'est baigné chez moi dans la belle baie du Môle Saint Nicolas, dans le Nord-Ouest, poursuivit la mère.

— Qui était-il, alors ?

— Un juif italien ! L'un parmi ceux choisis par le Créateur.

— Tu veux dire qu'il prononçait un oracle de Dieu ?

— Tu as tout compris !

— Quelle prétention ! Passons… La cérémonie du bois caïman avait-elle eu lieu?

— Oui !

— Mais, Bouko était un homme de livres ! Il ne se serait pas servi d'un cochon !

— Tu dis vrai, c'est pourquoi il était accompagné de la prêtresse. Elle a tout fait !

— Vraiment ?

— Absolument !

— Toutes les conséquences néfastes et fatales dont nous souffrons trouvent leurs origines dans cette cérémonie ?

— Mon fils Anglaisien, après avoir contracté avec l'Autre, on peut connaître toutes les couleurs de l'arc-en-ciel ! Ce contrat a permis à l'Autre d'engendrer des épidémies de choléra et de les utiliser partout sur mon territoire !

— Comment sortir de ce méchant marasme ?

— Il y a des hommes et des femmes qui savent quoi faire !

— Comment les identifier ?

— Ils sont en très petit nombre. Ils s'accusent eux-mêmes ! Ils reconnaissent qu'ils ont échoué ! Ils craignent mon Créateur ! Ils sont humbles et simples ! Ils sont pour l'intérêt commun !

— Est-ce qu'ils peuvent accomplir ?

— Bien sûr !

— Quelle forme de gouvernement aimerais-tu voir en place ? Celui d'Aggloméra ou de Francia ?

— Aucun des deux ! Terre Haute est née pour la royauté !

— Un royaume ? interrogea Anglaisien avec dérision.

— Oui, c'est mon appel ! affirma la mère.

— Où va-t-on trouver des nobles ?

— Pourtant, il y en a !

— Maman, je dois partir ! À la prochaine !

— Tu es étonné, mon fils ! La prochaine fois, adresse-toi à moi au sujet de mes richesses !

— Entendu ! Au revoir !

Terre Haute, de son côté, s'inquiétait du retour de son fils Anglaisien, surtout qu'une semaine avait déjà passé. « Va-t-il revenir ? Peut-être lui ai-je dit quelque chose qu'il ne croit pas. Pourtant, tout ce que j'ai dit est vrai ». Moi, Terre Haute, je vois en Anglaisien un futur éclaireur pour ma cause : « La mère de toutes les terres ».

Anglaisien, quant à lui, prit beaucoup de temps pour prier, méditer et réfléchir : devait-il retourner vers sa maman, Terre

Haute, qui lui avait dit des choses auxquelles il ne s'attendait pas, ou alors retourner dans son deuxième pays ? « Dois-je retourner vers Terre Haute ? À quoi cela va-t-il me mener ? Y a-t-il une issue ou non ? Faut-il que je retourne dans mon deuxième pays ? Il n'y a pas de travail là-bas maintenant ! »

Après deux semaines, il décida de retourner vers sa maman au lieu de rentrer dans son deuxième pays. Il entra la tête baissée et dit :

— Je m'excuse. J'ai eu peur de revenir.

— Ne t'en fais pas trop, de toute façon, tu es revenu et tu es capable de t'excuser.

— Merci Maman.

— De rien, mon fils, mets-toi à l'aise ! Pose à ta maman toutes les questions que tu as en tête !

— Bon, Maman, avant d'aborder la question de tes richesses comme tu me l'avais demandé, j'aimerais revenir sur le sujet de la royauté.

— Vas-y !

— Dans la royauté, il doit y avoir un Premier ministre, des ministres, deux chambres et des gouverneurs ?

— Parfaitement ! Absolument, oui !

— Où sont tes richesses et quelles sont-elles ?

— Laisse-moi d'abord répondre à la deuxième partie de ta question. Mes richesses sont : des cerveaux humains, des mines d'uranium, d'iridium, d'or, d'argent, de cuivre, de bauxite, du marbre, du gaz naturel, de l'or noir et de l'or bleu. Ces esprits sont à l'extérieur comme à l'intérieur ; les mines sont à l'intérieur et sous ma terre, et sous mes eaux !

— Qui va les exploiter ?

— C'est là la vraie raison du tumulte ! Chaque groupement les veut pour lui seul ! Et je les ai pour tous, surtout ceux qui ont bu de mon lait !

— Si un groupement arrive à les voler ?

— Cela n'arrivera jamais ! C'est pourquoi beaucoup ont déjà péri !

— Mais, il y en a qui ont volé !

— Ils ont dérobé des choses de faible valeur comparativement à mes richesses !

— Et pourquoi tu les as laissés faire ?

— Pour les convaincre de mes richesses !

— Si tu trouves le groupement que tu désires, que veux-tu de lui ?

— Je trouverai mon groupement ! Il va bien instruire et éduquer mes enfants, il va bien me bâtir, bien me construire, me déconcentrer et me décentraliser !

— Tu le trouveras après la disparition de la moitié de tes enfants biologiques ?

— Ce n'est pas de notre faute, ils ne veulent pas changer ! Ils ont la mémoire courte !

— À part l'idolâtrie, qu'est-ce que ton Créateur hait le plus avec certains de tes enfants ?

— Le mélange ! C'est-à-dire adorer mon Créateur et l'Autre à la fois ! Morceau de mon Créateur, Morceau « Solokoto », c'est-à-dire magie, divination et idolâtrie.

— Que penses-tu de Tousso Louvo ?

— Un fils sans égal jusqu'à maintenant ! Mais il a cessé sa guerre avant l'heure, il allait la gagner ! En son temps, s'il avait dressé un royaume comme les Anglios le lui avaient conseillé, mon sort ne serait pas le même.

— Tu aimais les Anglios beaucoup plus que les Francis et les Espanolis ?

— Les trois groupements se querellaient pour moi !

— Ils ne te veulent plus maintenant ?

— Ils reviendront vers moi !

— Quelle confidence !

— « Je suis un paradis de Dieu ! »

— Maman, je dois m'en aller !

— Tu reviendras ?

— Bien sûr ! À cause de ta confidence !

Anglaisien était si content de la confidence de sa maman que trois jours après, il était de retour.

— Bonjour Maman, je reviens avant l'heure.

— Tu es toujours le bienvenu chez ta maman.

— Aujourd'hui, tu n'as pas de topique pour moi ?

— Non, mon fils, demande-moi ce que tu veux !

— Puis-je retourner à la royauté ?

— Tu es intéressé ! Tu ne savais pas que tu étais un noble ?

— Quand le royaume sera établi ?

— Bon, tu as un très grand rôle à jouer dans cette affaire !

— Lequel ?

— Tu dois propager cette nouvelle ! Et tu dois tous les convaincre que c'est mon appel !

— Maman, je peux te trouver des agents disponibles pour ces deux tâches.

— Anglaisien, tu es venu à moi pour me découvrir et connaître tous mes secrets. Tu es en charge de les révéler. Tu peux travailler avec d'autres, mais tu es le chargé d'affaires.

— Maman, où commencer avec ton développement ?

— L'éducation, de concert avec l'agriculture !

— Tu aimerais être bien bâtie et bien construite aussi ! Donne-moi une idée !

— Je suis faite à 75 % de montagnes et à 25 % de plaines et de vallées. Je veux avoir mes villes dans 50 % de mes montagnes et l'agriculture dans 25 % du reste de mes montagnes, de mes plaines et de mes vallées.

— Dans ce cas, nous serons tous des montagnards ?

— Vous l'étiez déjà tous à votre naissance ! Anglaisien, ces termes négatifs : « montagnards », « morniers », « habitants » et « paysans » empêchent notre progression. Vous tous devez m'aimer totalement ! Dis-leur de m'escalader ! Et ils commenceront à reconnaître ma hauteur, ma beauté et mon charme.

— Que dis-tu de tes eaux ?

— Tu sais que ma sœur jumelle et moi étions une île à part entière. Après avoir été séparées, nous sommes devenues deux péninsules. J'ai beaucoup d'eaux ! Il y a toutes sortes de merveilles sous mes eaux. L'une des sources du tumulte des Scélérats !

— Qui sont-ils, ces Scélérats-là ?

— Les enfants insatiables de mes sœurs !

— Qui sont tes sœurs ?

— Toutes les autres terres sont mes sœurs !

— Vraiment ?

— Au commencement, nous étions une seule grande famille ; des cataclysmes nous ont séparées à cause des mauvaises actions de nos Scélérats et de nos Choléras. Mais, nos entrailles restent toujours liées.

— Elles vous aiment ?

— Comme elles-mêmes !

— Je ne le crois pas !

— Nous les rencontrerons très bientôt, je t'emmènerai avec moi !

— Il t'est permis de le faire ?

— Bien sûr !

— Tu l'as déjà fait ?

— Oui !

— Avec qui et quand ?

— Je l'ai déjà fait avec six de tes frères, et je ne te dirai pas qui ils étaient ni quand. Tu seras le septième, sois le charme !

— Pourquoi tu l'as fait ?

— Tu viendras avec moi, tu verras et tu sauras pourquoi ! Reviens dans cinq jours ! Au revoir, Anglaisien. N'oublie pas de prier, de méditer et de réfléchir !

— Et les préparatifs de mon voyage ?

— Ne t'en fais pas !

— Comment ?

— Maman préparera tout pour toi !

— Merci et au revoir, Maman.

Anglaisien rentra chez lui très content. Il ne pouvait attendre. Il ne voulait pas retourner dans son deuxième pays avant que d'autres scènes ne se déroulent. Après quatre jours, il prit le chemin du retour vers sa maman. Il arriva un peu plus tôt que d'habitude. Sa maman avait déjà pour lui une chambre bien préparée. Elle lui donna à manger des mets spéciaux pour pouvoir résister au voyage. Par anticipation, il lui demanda :

— Où allons-nous ?

— Nous irons à cette réunion tout près de ton deuxième pays. Tu veux que je te dépose en rentrant ? demanda-t-elle pour le tester.

— Non, je veux rentrer avec toi.

— Pourquoi ?

— Eh bien, je ne travaille pas maintenant. On vient de me licencier. Je peux passer plus de temps avec toi.

— Moi, je veux que tu retournes le plus tôt possible en Aggloméra pour faire passer mon message à tes frères et à tes cousins.

— Aggloméra n'est pas un endroit facile, c'est un lieu d'humiliation et de gloire.

— Écoute, après ton voyage, tu deviendras très fort.

— Très fort dans quel sens ?

— Ce que tu auras vu et vécu te motivera !

— Maman, tu dis qu'ils sont des Scélérats et des Choléras. Pourquoi les déranger ?

— Oui, mon cher fils, ils croissent de Scélérats en Choléras. Mais, le verbe et l'action d'un régénéré peuvent les influencer.

— Je dois t'aider à trouver des agents idéaux pour cette dangereuse mission.

— Tu seras leur leader !

— Maman, je suis seul, je n'ai pas de femme, je n'ai pas d'enfants, je n'ai pas de travail et je n'ai pas une très grande éducation. Puis-je être un leader ?

Toutes ces lacunes contribueront à ta grandeur !

— Je ne veux pas être grand !

— Tu l'es déjà en me découvrant et on va bientôt voyager ; tu vas rencontrer toutes tes tantes.

— Qu'est-ce que je dois apporter pour elles ?

— Seulement ton cœur !

— Qu'est-ce qu'elles vont penser de moi ?

— Tu verras et tu constateras par toi-même !

— Je ne serai pas rejeté ?

— Tu peux te rejeter si tu veux !

— Jamais !

— Voilà ! Tu vas passer de très bons moments !

— Et toi-même ?

— Tu verras de tes propres yeux !

— Je ne puis attendre !

— Va donc te reposer ! On peut partir à n'importe quel moment.

— Il n'y a pas un moment précis ?

— Nous attendons le signal de notre Créateur !

— Il est de la partie aussi ?

— Aucun détail ne lui échappe pas ! Bon sommeil, Anglaisien.

— Bonne nuit, Maman.

Le voyage

Ce jeudi soir, à 11:45 p.m., un son continu de sirène se fit entendre dans toute la commune de Les Anglais alors qu'Anglaisien dormait profondément. Seuls Terre Haute et son Créateur savaient de quoi il s'agissait. Elle irait dans l'espace de Calladda pour leur deuxième réunion annuelle de « *Gia* ». Terre Haute habilla Anglaisien encore endormi et partit avec lui en son sein à minuit exactement. La traversée fut très difficile. Beaucoup de mauvais esprits de l'air luttaient beaucoup plus contre Terre Haute que dans le passé pour l'empêcher d'atteindre sa destination. Ils se moquaient en disant : « Jamais au grand jamais, tu ne seras délivrée, tu es notre deuxième quartier général après l'enfer ». Ils la tiraient pour la faire tomber à terre. Moi, Terre Haute, j'étais décidée à atteindre ma destination. Je ne voulais pas manquer cette opportunité. Je me confiai davantage à mon Créateur. Je le priai ainsi : « Je ne mourrai pas, je suis dans ton dessein, je veux jouir de tes grâces, je vivrai et je raconterai toutes tes œuvres en ma faveur au nom de ton Fils, Jésus-Christ, mon Co-créateur. Amen ! » Oh oui ! Mon Créateur m'avait exaucée ! J'étais devenue forte ! Je les taillai en pièces ! Ils disparurent tous !

Arrivés dans l'atmosphère d'Agglomérá, le deuxième pays d'Anglaisien, celui-ci se réveilla, ce qui expliquait que c'était dans cet espace qu'il devait entreprendre les démarches pour la cause de sa maman. Elle lui dit :

— Nous traversons l'espace de ton deuxième pays, ton point de départ.

— Mon point de départ ? Pourquoi ? demanda Anglaisien avec surprise.

— Pour la noble cause de ta très chère maman, celle de faire savoir à tous tes frères et à tous tes cousins que l'heure de la méprisée a sonné !

— Ton heure a sonné !

— *Shui, shui, shui.* On va entrer dans l'espace de notre réunion, c'est sacré. Silence absolu !

Terre Haute descendit l'espace de Calladda et alla déposer Anglaisien parmi les invités d'honneur. Aur fur et à mesure, le nombre d'hommes et de femmes augmenta avec l'arrivée d'autres mamans. Ils se sentaient à l'aise les uns avec les autres et engagèrent des conversations profondes et sympathiques dans une langue nouvelle. Toutes les terres, ou toutes les mamans, étaient présentes. Les cérémonies allaient commencer.

L'AGENDA

1. La danse *GIA*
2. La présentation des invités d'honneur
3. Hommage à ceux qui sont rentrés victorieux
4. Rencontre
5. Réception
6. Encouragements
7. Départ

Elles s'alignèrent. Des silhouettes de femmes de même taille qui s'embrassaient mutuellement avec joie et contentement, sans aucune remarque, aucun préjugé ni sentiment de supériorité. Anglaisien était content de voir sa maman égale aux autres mamans. Celles-ci étaient contentes de la voir venir avec un fils pour faire avancer sa cause. Elle serait la dernière merveille du monde des Scélérats-Choléras avant l'établissement du monde du grand Créateur, un avant-goût ou un prélude de Son monde parfait. Si seulement il pouvait transplanter le monde des mamans en compagnie de leur Créateur dans notre monde, il se vengerait de leur préjugé et de leur discrimination à l'égard de sa maman. Il n'avait jamais été aussi fier de sa maman. C'était une maman comme toutes les autres. Elle était coquette ! Il ne pouvait attendre de la voir devenir la terre des nations. Des cousins viendraient de partout y résider. « Maman, je veux être ton messager ! »

La danse GIA

Une musique céleste, que personne parmi les invités n'avait jamais entendue auparavant, débuta. La danse *GIA*. Elle allait crescendo et decrescendo. Au fur et à mesure, selon le rythme, les silhouettes se placèrent à leur ancienne position géographique, dans l'ordre de la création, l'émergence, l'évolution et la présente. Au dernier ordre, la présente, Anglaisien reconnut la silhouette de Terre Haute, sa maman. Elle était assise, les jambes allongées devant elle, le ventre rentré, le dos un peu en arrière et la tête légèrement inclinée vers l'avant. Sa sœur jumelle était dos à dos avec elle. Les deux silhouettes formaient l'île entière. En levant les yeux, il reconnut Meyeco, Aggloméra, sa maman adoptive et Calladda, où ils se trouvaient pour cette réunion. En baissant les yeux, il reconnut aussi Brayaya. Tous les autres invités étaient aussi totalement occupés à reconnaître la silhouette de leur maman. Après ce temps d'identification pour les invités, elles se mélangèrent à nouveau.

La Présentation des Invités d'Honneur

La présentation se faisait de bas en haut, c'est-à-dire que les mamans qui n'avaient pas amené pour longtemps des fils et des filles comme invités d'honneur avaient le privilège de le faire avant. C'est ainsi que Terre Haute, sa maman biologique, eut le privilège de le présenter avant tous les autres invités d'honneur. Elle débuta ainsi :

— Je vous présente mon Fils, Anglaisien, qui est mon porte-parole dans le monde des Scélérats-Choléras pour ma mission finale, que vous toutes attendez impatiemment. Dis quelques mots, mon fils, toutes tes tantes aimeraient t'entendre, l'encouragea Terre Haute.

— Chères tantes, j'ai besoin de l'approbation du Créateur et de votre collaboration pour assumer ce rôle si terrible dans l'autre monde.

— Je serai ton guide puisque tu dois commencer à partir de chez ta deuxième maman, dit Aggloméra, se faisant porte-parole des autres.

— Je t'en serai très reconnaissant, ma deuxième maman.

— Ne t'en fais pas, mon neveu-fils chéri.

Toutes les autres mamans, à part Terre Haute et Aggloméra qui se retirèrent de concert pour planifier la stratégie d'Anglaisien, vinrent vers lui pour l'encourager, le féliciter et prier pour lui. Anglaisien réalisa alors ce que Terre Haute lui avait dit de l'autre monde au sujet de ses sœurs ! *Qu'elles sont aimables !* Anglaisien réfléchit dans son cœur.

Aggloméra et Terre Haute conclurent qu'Anglaisien devait rencontrer son cousin Barackhussma pour le convaincre de déchirer tous les mauvais dossiers de la hardiesse de ses cousins révolutionnaires terrestres qui avaient pavé pour lui cette grande et belle route. Elles devaient rentrer ensemble, et arrivées dans l'espace d'Aggloméra, elles sauraient quoi faire. On passa à d'autres présentations.

Hommage

Les fils et les filles qui étaient déjà venus une fois déjà et étaient rentrés victorieux se présentèrent avec leur première, leur deuxième maman et des tantes voisines qui avaient aidé à recevoir de leur Créateur des honneurs, des compliments et des couronnes. Anglaisien était assis au milieu de ses deux mamans et de beaucoup de tantes avoisinantes. Au fond de son cœur, il entendit et comprit que ses deux mamans et ses tantes l'encourageaient à revenir aussi. Personnellement, il aurait aimé y retourner.

Il y avait une certaine Miss Oloffson, accompagnée de sa maman biologique, Suezza, qui était aussi de la partie à cause du rôle important qu'elle avait joué dans l'intégration de ses cousins en Suezza, et à qui Anglaisien voulait poser des questions si cela était possible.

Rencontre

Les Vainqueurs et les Invités se rencontrèrent. Chaque Vainqueur jeta son dévolu sur un Invité donné, et vice versa. L'Invité avait besoin de poser des questions au Vainqueur qui à son tour voulait conseiller cet Invité. Quel étonnement pour Anglaisien. Miss Oloffson vint vers lui pour le conseiller.

— Je ne comprends pas, comment es-tu venue vers moi ? s'étonna Anglaisien. J'aimerais aussi te poser des questions.

— Bien, cousin, le monde de nos mamans, surtout en compagnie de notre Créateur, est très mystérieux. Dans l'autre monde, celui des Scélérats-Choléras, je viendrai en Aggloméra pour t'assister.

— Tu es très aimable ! Allons à la réception.

Anglaisien débordait de joie. Il réfléchit ainsi : « Je n'ai qu'un petit diplôme d'une petite école supérieure où j'ai étudié deux ans en art libéral. Un diplôme associé, comme on dit. Et voilà que je suis devenu un «cousin». Je suis un éclaireur. J'ai deux mondes à vivre. Je serai bientôt en mission ! Miss Oloffson, un vainqueur, viendra m'assister. »

Réception

À la réception, on trouvait deux sortes de nourriture. La première, pour fortifier les invités afin qu'ils réussissent dans leurs missions et la deuxième, pour inspirer les vainqueurs dans leur discours et l'écriture de leurs expériences de triomphe. Il n'était pas étonnant qu'il y ait de si grands orateurs et écrivains ! C'étaient des nourritures célestes.

Anglaisien dégusta les mets de sa catégorie avec appétit.

Encouragement

Le Créateur prit la parole. Toutes les mamans étaient prosternées sur toute la longueur de leurs entrailles, en compagnie de leurs Invités et de leurs Vainqueurs. Il remercia les mamans pour leur partenariat avec Lui, Il félicita les Vainqueurs et Il déclara aux Invités :

« Vous pouvez vaincre aussi ! »

Anglaisien fut étonné que le Créateur ait prononcé si peu de mots. Il était curieux de Le voir, mais il ne voyait rien, il entendait seulement une voix grave. L'espace où ils étaient tremblait. Il était réellement souverain.

Ensuite, les mamans, les tantes et les Vainqueurs assignés aux Invités se regroupèrent pour encourager les mandatés.

Départ

Chaque Invité ou Vainqueur retrouva sa maman pour le voyage du monde des Scélérats-Choléras. Anglaisien se trouva à nouveau au milieu de Terre Haute et Aggloméra. Celle-ci, pour la première fois, n'avait pas d'Invité et de Vainqueur, ceci afin d'aider sa sœur Terre Haute. Elle prit Anglaisien en son sein et demanda à Terre Haute de l'attendre en Floria pour reprendre Anglaisien. Aggloméra retourna derrière l'espace de Calladda pour pénétrer son plus grand territoire, Alassakwakwa, et dit à Anglaisien :

Déclaration !

— Chaque fois que je te touche la tête, tu déclareras ces paroles avec autorité : « Sénateurs et députés fédéraux, obéissez au Créateur et à votre maman, Aggloméra. Collaborez avec votre cousin, espèces de Scélérats-Choléras, au nom de Jésus-Christ, le Fils du Dieu tout-puissant. » Amen !

— Maman, puis-je omettre cette partie, « espèces de Scélérats-Choléras » ? Je m'adresse aux sénateurs et députés du plus grand pays du monde.

— Quel monde, mon fils ? Le monde des Scélérats-Choléras ! Des cousins qui s'entre-déchirent ! Si tu ne dis pas l'expression « espèces de Scélérats-Choléras », les mauvais esprits de l'Autre qui les animent ne seront pas chassés. Pourquoi mes enfants n'aiment-ils pas les enfants de Terre Haute, leurs cousins ? dit Aggloméra, fâchée.

— Mais c'est très difficile, Maman, on va me jeter en prison.

— Jamais ! Notre Créateur et nous, les mamans, déclarons à tous ceux qui ne coopèrent pas avec nous, sans distinction de titres : « Bande de Scélérats-Choléras ! » Pourquoi est-ce qu'ils ne veulent pas le développement de ma sœur, Terre Haute ? Pourquoi est-ce qu'ils se liguent contre elle ? Pourquoi est-ce qu'ils veulent renier et piétiner la révolution et l'abolition de l'esclavage de mes neveux décédés ?

— Bon, ne sois pas trop fâchée. Comme tu veux, Maman.

— Comme notre Créateur et nous, les mamans, le voulons ! Cela se fera !

Arrivée dans son plus grand territoire, Aggloméra toucha la tête de son fils adoptif, Anglaisien, qui déclara, conformément à ce qu'elle lui avait demandé : « Sénateurs et députés fédéraux, obéissez au Créateur et à votre maman, Aggloméra. Collaborez avec moi, « espèces de Scélérats-Choléras », au nom de Jésus-Christ, le fils du Dieu tout-puissant ». Amen !

Sa maman lui dit :

— Voilà !

Aggloméra traversa les territoires de ses sœurs, Roussia, Dragona et Jappa, pour permettre à Anglaisien de faire sa déclaration sur Wayaya, puis longea la côte ouest, l'ouest moyen, le nord, le nord-est et le sud jusqu'en Floria. Anlaisien répéta cinquante fois sa déclaration. Aggloméra embrassa sa sœur, Terre Haute, qui reprit Anglaisien en son sein jusqu'à atterrir avec lui En Bas-Morne.

Le retour

Ils arrivèrent à En Bas-Morne. Anglaisien était abasourdi du long tour au sein de sa deuxième maman et de la traversée au sein de sa première maman. Terre Haute le fit dormir pendant longtemps. Une fois réveillé, il dit à Terre Haute :

— Je veux retourner tout de suite en Aggloméra !

— Pas si vite, mon fils. Nous devons parler un peu plus.

— Je t'écoute, Maman.

— Sois très prudent et méticuleux. Miss Oloffson viendra t'aider. Elle sera comme un ange. Ne sois pas agressif avec elle. Il y a un temps pour chaque chose. Tes tantes voisines, toute la Latiana, ma sœur, Aggloméra, notre Créateur et moi, nous serons tous avec toi.

— Quel groupement dois-je contacter avant ?

— Tu vas contacter neuf autres de tes frères biologiques, venant chacun de mes neuf autres membres. Ils peuvent être serviteurs ou servantes. Leur fonction sera d'intercéder pour toi quand tu vas rencontrer Barackhussma, tout d'abord, et en compagnie de l'assemblée des 535 Ouvriers.

— Oui, Maman ! Puis-je partir maintenant ?

— Attends, mon fils chéri. Ta mère adoptive, Aggloméra, doit me donner le signal de ton départ. Va manger et te reposer. Tu as beaucoup à faire.

— Merci Maman, tu es très aimable.

— C'est le rôle des mamans, mon fils.

Anglaisien mangea et se reposa bien. Aggloméra signala à sa sœur, Terre Haute, qu'Anglaisien devait rentrer durant la nouvelle pleine lune et passer par Neweka pour Massassa. Anglaisien arriva à Porta-Principia, changea son billet d'avion de Porta-Principia-Miamia, Floria and Bostonia, Massassa pour Neweka, Neweka and Bostonia, Massassa. Le vol d'Anglaisien était à 6 p.m. Il avait demandé un siège près du hublot pour observer la pleine lune en question. Arrivé dans l'espace d'Aggloméra, cette pleine lune était remarquable partout, même dans les grandes villes où l'on ne prêtait pas attention à cette affaire-là. Tous les Agglomériens se demandaient : « Va-t-il y avoir un grand évènement ? Pourquoi cette pleine lune est-elle si visible ? » Le lendemain, dans tous les journaux, elle faisait la une. Partout, on ne parlait que de cela. Les Théophile l'interprétaient comme une sorte de lumière que les leaders Agglomériens démocrates, républicains, indépendants et autres allaient voit jaillir dans des ténèbres épaisses quelque part pour des causes de valeur.

Anglaisien arriva à Bostonia et rencontra son ami et camarade de chambre Capois dans la file des chauffeurs de taxi appelés pour ce vol qui atterrissait à minuit. Capois lui dit :

— Tu vas me payer la moitié du prix de la course, je veux rentrer à la maison aussi.

— Pas de problème, j'acquitterai ma dette demain matin.

— Tu as d'autres dettes encore !

— Je sais ! Le loyer et les autres moitiés.

— Ah bon, tu n'as rien oublié. Tu es redevenu calme, semble-t-il, tu as trouvé une jarre d'or à Les Anglais ?

— Mon cher Capois, ce que j'ai trouvé est beaucoup plus qu'une jarre d'or. J'ai rencontré notre maman, Terre Haute.

— Mon cher Anglaisien, dis-moi toute la vérité. Tu as été chez Sarasin à En Bas-Morne, le diable de ta commune ?

— Tu dis une partie de la vérité, Capois, sourit Anglaisien.

— Pourquoi est-ce que tu souris ?

— J'ai trouvé notre maman là où l'on dit que c'est la demeure de Sarasin.

— Elle n'est pas ma maman, elle est ta maman. Je pensais que Sarasin était un diable-homme ?

— Pourtant, tu seras l'un des neuf intercesseurs qui vont plaider la cause de notre maman, Terre Haute.

— Anglaisien, je suis Capois, tu ne peux pas me vendre comme une des neuf personnes que Sarasin te réclame.

— De toute façon, tu es le représentant du département du Nord comme intercesseur afin que notre maman, Terre Haute, devienne la Terre des nations avec toutes ses ressources et richesses.

— Si seulement tu ne plaisantais pas.

— Je ne plaisante pas, mon frère, nous sommes des nobles.

— Anglaisien, je suis de la lignée du Roi Henri Christophe.

— C'est beaucoup plus que cela, mon frère.

— De quoi s'agit-il, Anglaisien ?

— Terre Haute est née pour la royauté !

— Il y aura une noblesse nordiste avec les descendants de Touissaint Louverture et Henri Christophe.

— Que fais-tu des autres ?

— Bon, nous aurons une très grande cour. Les autres peuvent se débrouiller.

Ils arrivèrent chez eux. Anglaisien convainquit Capois de sa rencontre avec Terre Haute et du nouvel horizon qui poindrait sur leur premier pays.

Ils choisirent ensemble huit autres intercesseurs : Mirebalaisien, Jérémienne, Gonaïvien, Jacmélienne, Fort-Libertin, Miragoânienne, Léogânienne, Môlien.

Intercession et Action

Mirebalaisien était à la tête de ce mouvement d'intercession. C'était un homme sage, paisible, ingénieur civil de profession. Ils se rencontreraient bientôt, avant le départ d'Anglaisien à la recherche de Barackhussma.

Un vendredi soir, de 9 heures à minuit, les dix, y compris Anglaisien, étaient présents. Il leur raconta ce qu'il en était. Ils saisirent l'importance de leur démarche et s'y consacrèrent sérieusement. Dorénavant, le rendez-vous fut fixé à chaque vendredi soir, de 9 h jusqu'à minuit. Le lendemain aux environs de midi, Anglaisien partit pour Washasha, la capitale d'Aggloméra. Il voyagea dans un train express et arriva à 6 heures.

C'était son premier voyage là-bas, il ne savait pas où aller. Il sortit du métro et vit de loin une jeune femme semblable à un ange. Il se souvint de sa conversation avec Terre Haute à propos de Miss Oloffson, et de ce que celle-ci lui avait promis à la réunion des mamans dans l'espace de Calladda. Le temps de se reprendre, elle était déjà figée à une dizaine de mètres devant Anglaisien. Elle lui parla par gestes. « Suis-moi ». Il marcha derrière elle, toujours à la même distance. Elle le conduisit à un hôtel et lui indiqua sa chambre, puis se retira dans une autre.

Le lendemain, le dimanche matin, ils se rendirent dans une église de congrégation de races mixtes. Tous deux se virent confier leur mission. Ils visitèrent quelques lieux et mangèrent même ensemble, toujours sans communiquer par le verbe. Ils rentrèrent ensuite dans leur chambre respective.

Lundi matin, huit heures. Miss Oloffson l'attendait à cette même distance dans le couloir du troisième étage de l'hôtel, SHANARA, où ils demeuraient temporairement à Washasha. Ils devaient se débrouiller pour rencontrer Barackhussma à la maison de la LITIGE. Ils partirent. Les rumeurs de la capitale étaient les suivantes :

1. Beaucoup de gens se disent et disent qu'ils ont vu un ange.
2. Il semble qu'il guide quelqu'un ou quelqu'une.

Miss Oloffson et Anglaisien examinèrent toutes les façades de la grande maison, LITIGE, à plusieurs reprises. Ce ne fut pas chose facile pour eux, même s'ils étaient des cousins éclairés et commissionnés.

Arrivés du côté sud, après sept tours, ils virent Mme Barackhussma dans son jardin potager, avec un très grand nombre de jeunes garçons, de jeunes filles et leurs parents. Ceux-ci les regardèrent. Mme Barackhussma les appela pour être de la partie aussi. Ils entrèrent et se mélangèrent. Tout à coup, le groupe fixa son attention sur Miss Oloffson, qui ressemblait à un ange.

L'atmosphère bruyante se mua alors en contemplation. Pendant ce temps, Anglaisien prit position à dix mètres de distance. Barackhussma avait pris une pause pendant son dur labeur et en profita pour amener « Bobo » dehors et faire un gros bisou à sa femme Michelline. Bobo, une fois son besoin physiologique satisfait, alla aux pieds d'Anglaisien. Barackhussma le regarda et nota que c'était un « cousin », parce que lui-même avait été, avant son élévation, à l'une des réunions de toutes les mamans.

Barackhussma dit à Anglaisien :

— Amène-moi Bobo.

— Avec plaisir, cousin.

— Depuis quand y étais-tu ?

— J'en reviens tout juste.

— Quelle est ta demande ?

— Que tous les mauvais dossiers contre Terre Haute soient déchirés ! Que l'assemblée des 535 Ouvriers vote et collabore au développement total, complet et intégral de ta tante chérie, Terre Haute.

— Tu sais bien demander, mon cousin, mais il existe une haine profonde contre Terre Haute à cause de ses premiers fils révolutionnaires.

— Ils ont joué pour toi, à part le Créateur, la deuxième carte.

— Bien dit !

— À toi de jouer pour ta tante chérie maintenant. Ta maman biologique, ma maman adoptive, est du côté de Terre Haute aussi. Tu es arbitre en LITIGE ?

— J'ai une liste de bonnes causes en main, que je dois exécuter !

— En exécutant en premier la cause de Terre Haute, tous les éclairés et opprimés qui t'ont élu seront très contents et ils te choisiront à nouveau.

— En es-tu sûr ?

— « Heureux celui qui s'intéresse aux pauvres ! Le Créateur le délivre au jour du malheur. » Tu en as déjà bénéficié, n'est-ce pas ?

— Tu parles de ma stratégie communautaire !

— Voilà, mon cousin.

— Ton nom, s'il te plaît ?

— Je suis Anglaisien Sudois.

— Anglaisien, j'aimerais t'aider. Mais, il n'y a pas d'hommes en Terre Haute. Ils ne sont pas patriotes.

— Cousin, je crois à la montée de Matamol, un ancien d'extrême gauche de *musica compassa directa* qui veut jouer l'extrême droite de l'évangile de Jésus-Christ et de la politique économique de base. Ils vont émerger.

— Je dois retrouver la grande assemblée ! Je vais lui proposer le développement total et intégral de Terre Haute.

— Merci mon cousin, que notre Créateur soit avec toi !

Barachussma retourna en grande pompe à la réunion de la grande assemblée et commença ainsi :

— Permettez-moi de faire une boutade, s'il vous plaît. Le grand Fabuliste français, La Fontaine, a déclaré : « On a souvent besoin d'un plus petit que soi. » Terre Haute est de la même dimension que notre territoire moyen, Marilanda, lequel nous donne, en compagnie de Virginiaa, le droit de bâtir Washasha et d'y résider. Terre Haute fait face à des crises énormes. Elle a besoin d'un manifeste ! La hardiesse de ses fils révolutionnaires nous a sauvés des galops des grands chevaux du général Nopolon en nous vendant La Losanna, et de son esprit l'idée de nous livrer la guerre s'est éclipsée. Les fils de Terre Haute d'après et leur langue, le créole, nous ont aidés çà et là. Je crois aussi que l'un de ses fils a contribué au tracé de ladite capitale, Washasha, où nous sommes actuellement. Au lieu de continuer avec nos projets de guerre, changeons de camp pour sauver immédiatement Terre Haute et ses fils en les aidant à exploiter leurs ressources naturelles : l'or noir, l'or bleu, l'or jaune, l'argent, le cuivre, l'uranium, l'iridium, la bauxite, le marbre, etc.

— Tu es fou ! Ton grand savoir te fait déraisonner. Comme l'a dit l'autre, nous avons des désastres nationaux à affronter et tu nous parles d'un pays foutu, répliqua un sénateur.

— Cette nation condamnée par les complots des autres a aboli l'esclavage ! Il faut l'honorer ! De plus, elle fait partie de notre grande cour.

— Elle avait aboli l'esclavage pour que tu sois président ! déclara un député.

— Après mon Créateur, elle a joué un très grand rôle en ma faveur. De plus, si nous ne le faisons pas, notre tante Dragona aimerait la développer parfaitement pour ses neveux et nièces.

— Soumettons ta proposition au vote et tu verras, aucun d'entre nous n'en fera cas.

— Entendu !

On procéda à des votes : 35 des 535 Ouvriers votèrent initialement pour Terre Haute. Barackhussma cria victoire ! Il déclara :

— Terre Haute a gagné : 8 voix sur 13 !

Ils le regardèrent, stupéfaits. « De quoi parle-t-il ? », demanda l'un d'entre eux. Barackhussma interprétait le résultat selon le langage du Créateur et les mamans : 535 = 5 + 3 + 5 = 13 ; 35 = 3 + 5 = 8. Le chiffre 8 était son numéro fétiche, qui signifie aussi un nouveau commencement. Le Créateur avait recommencé avec Noé et sa famille, au nombre de 8. « Terre Haute aura un recommencement », imagina-t-il.

Les 35 Ouvriers qui avaient voté en faveur de Terre Haute avaient vu la veille Miss Oloffson soit à l'église, soit au parc ou au restaurant. Entre eux, avant leur séance, ils avaient causé de cet ange qui marchait parmi eux. D'autres avaient entendu leur conversation et ils étaient curieux de voir ou de rencontrer cet ange.

Miss Oloffson et Anglaisien retournèrent à l'hôtel SHANARA après avoir été au sud de la grande maison, LITIGE, où ils avaient rencontré monsieur et madame Barackhussma. Ils quittèrent l'hôtel, toujours en gardant la même distance, en vue de connaître les nouvelles actualités de Washasha, et de dîner aussi. Ils passèrent au nord de LITIGE, alors que Barackhussma et sa famille allaient dîner dans la salle à manger du deuxième étage de LITIGE. Il regarda par la fenêtre au nord et reconnut ses deux cousins, qu'il envoya chercher afin de les accompagner dîner. Pendant qu'ils entraient en LITIGE, suivis d'un garde du corps, certains Ouvriers qui restaient encore sortirent en direction de leur demeure. Ils avaient vu de leurs propres yeux ce qu'ils avaient entendu. Ils se demandaient : « De quoi s'agit-il ? Il semble que la cause de Terre Haute soit une obligation ». Les deux hommes dînèrent avec leur cousin et sa famille. Anglaisien, Barackhusma et Miss Oloffson parlèrent de leur voyage pour la réunion des mamans, de cet autre monde d'harmonie que toutes les mamans souhaitaient pour leurs enfants et de leurs missions vis-à-vis des mamans. Barackhussma leur assura que la cause de Terre Haute serait gagnée, surtout avec cette première victoire, 8 voix sur 13. Il leur demanda de prier pour l'obtention de plus de voix en faveur de la libération de Terre Haute.

Le lendemain, les 535 Ouvriers se réunirent à nouveau. Les deux présidents des deux chambres demandèrent à Barackhussma de revenir avec la cause noble de Terre Haute. Il déclara :

— Votons une deuxième fois pour notre tante, Terre Haute.

Personne n'objecta. Ils votèrent. Cette fois-ci, le résultat fut de 336 voix sur 535. Barackhussma cria :

— 12 sur 13 !

Certains députés et sénateurs qui n'avaient pas voté en faveur de Terre Haute furent étonnés que la cause de Terre Haute soit prioritaire en LITIGE, Washasha. Ceux qui avaient voté en sa faveur demandèrent à Barackhussma d'aller prendre dans la salle les dossiers des condamnés, ceux de Terre Haute, et de les déchirer. Il fonça jusqu'à cette salle et revint avec un tiroir rempli de mauvais dossiers contre Terre Haute. L'un des sénateurs favorables prit un dossier et lut :

« Il faut constamment opposer les va-nu-pieds aux gens à chaussures et mettre les gens à chaussures en état de s'entre-déchirer. C'est la seule façon pour nous d'avoir une prédominance continue sur ce pays de nègres qui a conquis son indépendance par les armes. Ce qui est un mauvais exemple pour les millions de Noirs d'Amérique. »

Les 199 Ouvriers qui n'avaient pas voté en faveur de Terre Haute crièrent à l'unisson :

— Quel racisme à outrance !

— On peut toujours réparer nos erreurs ! déclara Barackhusma.

— Dans ce cas, nous devons Terre Haute, notre tante, la future terre de refuge, grandement, dit l'un des 199.

— Voilà ce qu'on peut faire tout de suite : déléguer certaines de nos compagnies crédibles pour entrer en Terre Haute exploiter son vaste golfe de pétrole, son uranium, ses massives mines d'or, d'argent, de cuivre, d'aluminium, d'argile et de marbre ; sans oublier ses multiples sources d'eau, développer son agriculture tropicale et rétablir son tourisme de première république noire.

— M. le Président, on va t'accuser de partis pris ! dit un autre sénateur.

— Mais cela en vaut la peine, déclara un autre.

Les 199 se réunirent avec ceux de leur constituante qui avaient voté favorablement pour Terre Haute afin de dépêcher des compagnies de renommée de leur État respectif dans le but d'aider immédiatement.

Dix-sept compagnies furent sélectionnées. La nouvelle se propagea !

Tous les immigrants minoritaires étaient très contents. Ils disaient entre eux :

« Finalement, notre deuxième maman est en train de nous regarder et de nous considérer. Il y a de l'espoir pour nous. Si elle est d'accord pour assister la plus méprisée, l'Aigle va rajeunir ! Elle redeviendra la grande puissance qu'elle était, sans dettes ni déficits. Nous avons beaucoup prié pour elle. Loué soit son Créateur ! Ses dossiers : exploitation et discrimination, seront bientôt effacés. Nous sommes prêts à lui fournir tout notre soutien. Nos voisins, petits Blancs et Noirs démunis, nous sourient. Il paraît qu'ils ne vont plus manifester de préjugé à notre encontre. Ils ne vont plus nous voler, ni nous demander de retourner dans notre premier pays. »

Le débarquement

Dix-sept compagnies de quinze États partirent pour Haïti avec comme objectifs : l'eau potable, les productions agricoles tropicales, les exploitations minières des métaux, la recherche de pétrole, les voies ferroviaires, maritimes, aériennes, terrestres, les communications, l'éducation, le civisme, l'armée professionnelle indigène, l'hygiène, l'intégrité, l'éthique, l'efficience et la fraternité. Elles débarquèrent et se positionnèrent dans tout le pays.

À leur grand étonnement, les directeurs de ces compagnies faisaient face à d'autres directeurs de compagnies similaires venant de Francia, Britannia, Israelia, Espagna, Germania, Suissa, Itallia, Hollanda, Calladda, Suezza, Dragona, Jappa, Tayewana, Brayaya et Santa Dominica qui avaient appris le dévouement de ces compagnies d'Aggloméra de concert avec leurs sénateurs et députés et qui voulaient aider Terre Haute avant Aggloméra. Leurs présidents, leurs chefs de gouvernement et de parlement avaient reçu des nouvelles de Washasha et avaient envoyé leurs compagnies avant les 17 compagnies d'Aggloméra. Toutes voulaient entreprendre dans leur domaine. Le gouvernement actuel de Mata-Lamo supporté par Ouclef Star, appelé aussi l'enfant prodigue et Billy Cliteau, super intelligent, ne savait quoi dire ! L'étonnement touchait tous les gens de tous les coins en Terre Haute.

Anglaisien apprit le tumulte existant et fut obligé de rentrer en Terre Haute pour consulter sa maman au sujet de ce qu'il fallait faire. À son retour de Washasha pour Bostonia, son ami et camarade de chambre, Capois, lui offrit trois jours de travail de son taxi. Miss Oloffson visita Bostonia pour la première fois. Elle voyageait en compagnie d'Anglaisien. Celui-ci à son tour accorda une demi-journée de ces trois jours de travail à Miss Oloffson, la conduisit sur certains lieux historiques de Bostonia. Elle l'appréciait beaucoup et prit note de la courtoisie et de la générosité d'Anglaisien. Il informa Miss Oloffson de ce qui se passait en Terre Haute :

— Un déferlement de compagnies de beaucoup de nos tantes est en Terre Haute, je dois rentrer pour savoir ce que veut ma maman.

— C'est très bien, Anglaisien. Salue chaleureusement ma très chère tante pour moi.

Anglaisien arriva en Terre Haute comme un fou. Il atteignit sa commune natale, Les Anglais, ce même jour, et alla contacter sa maman le soir même. Terre Haute l'attendait joyeusement et lui dit avec contentement en le voyant venir :

— Je t'avais dit qu'elles se querelleraient pour moi !

— Manmie Chérie, nous n'avons pas besoin de querelles maintenant !

— Que veux-tu, mon fils ?

— Du développement !

— Va leur dire de se battre pour moi au lieu de se quereller !

— Peux-tu être plus explicite ?

— Elles doivent entreprendre une démarche de parfaite compétition !

— C'est-à-dire que toutes les compagnies similaires doivent travailler parallèlement dans leur domaine ?

— Voilà, Anglaisien, mon fils, tu comprends la micro-économie !

— Mais toi, tu es savante.

— Anglaisien, si la majorité de mes enfants n'étaient pas des safres, grâce à leur intelligence, ils pourraient me rendre égale à Jappa.

— Maman, tu n'es pas prétentieuse et audacieuse ?

— Pas du tout, mon fils, notre Créateur nous a créées pour produire abondamment ! À propos, comment s'est passée ta démarche là-bas ?

— Tu connais tout, manmie !

— J'ai vu ta courtoisie et ta générosité à l'égard de Miss Oloffson. Es-tu prétentieux et audacieux ?

— Manmie, j'ai ma chance ?

— Vas-y ! On t'attend pour arbitrer les litiges !

— Manmie, parfois, tu peux être peste.

— « Le devoir avant l'amour ! »

— Tu es cornélienne ?

— Va, monsieur Anglaisien !

— Au revoir, ma maman.

Anglaisien rentra à Porta-Principia et rencontra le duo Mata-Lamo par le biais de leur chef de la sécurité qui était un très bon ami de Rousso, l'un de ses petits cousins. Il leur transmit les propos de leur maman, Terre Haute. « Laissez-les entrer en compétition en ma faveur. » Le gouvernement de Mata-Lamo le chargea d'être l'arbitre général des investissements étrangers directs du pays.

Anglaisien organisa une assemblée générale avec toutes les compagnies qui étaient présentes et leur assigna leurs postes et leurs rôles respectifs. Il discuta et fixa avec les directeurs de ces entreprises des principes de loi à respecter. Chaque chargé d'affaires recevrait par la suite un livret de lois et de règlements à suivre et à appliquer à la lettre.

Deux ou trois organisations de même nature dans chaque domaine de compétence prirent place et lancèrent leurs opérations. Une grande force de travail était disponible. Les effets secondaires se multiplièrent. Les agriculteurs, pour la première fois de leur vie, étaient très fiers de leur métier et n'auraient voulu l'échanger pour rien au monde. On consommait des produits agricoles !

Anglaisien retourna vers sa maman, Terre Haute, pour lui rapporter tous les détails, pour savoir quoi faire d'autre et surtout pour obtenir d'elle quelques mots au sujet de Miss Oloffson. Il retourna à Les Anglais, ne faisant pas cas de ses parents et amis ; pour eux, il était comme « dérangé ». Quelqu'un qui avait laissé Aggloméra pour faire le va-et-vient entre Porta-Principia et Les Anglais. Des rumeurs circulaient au sujet de ses fréquentes visites à En Bas-Morne, on disait que Sarasin lui avait soufflé dessus. « C'est un homme sans idéologie, à son âge, il n'est pas encore marié. Il n'a pas d'enfants. En somme, il vient de deux familles, des gens fous des deux côtés. Peut-être est-il attaqué ? »

Anglaisien retrouva Terre Haute ! Elle l'accueillit encore avec chaleur et lui rappela :

Amitié

—Arbitre général des investissements étrangers directs du pays !

— Toi, tu connais toute chose !

— Non, il y a beaucoup de choses que je ne connais pas !

— Des choses dont tu ne veux pas parler.

— Par exemple, mon fils.

— Tu sais.

— Je sais quoi ?

— Ta nièce chérie !

— Si elle est ma nièce chérie, elle est ta cousine chérie !

— Elle m'avait demandé de saluer chaleureusement sa tante chérie pour elle.

— Quand tu la reverras, tu feras de même pour moi.

— Quand je la reverrai ! Où ? À une autre réunion des mamans ?

— Tu es directeur général des investissements directs du pays, tu auras de l'argent, tu peux visiter ta tante, Suezza.

— Comment la rencontrer ?

— Tu es un cousin, mon fils ! Les autres cousins et cousines te reconnaîtront !

— Comme dans le cas de Barackussma !

— Voilà !

— Maman, il y a une question de couleur aussi. Là-bas, les gens sont blancs et blancs. Ils sont blonds !

— Et pourquoi es-tu intéressé ?

— C'est une cousine !

— Bon, dans ce cas, ne fais pas mention de la couleur !

— Je regrette, Maman, tu as raison. Si j'y vais, tu approuveras mon voyage.

— Je mettrai ta tante au courant !

— Tu es ma très bonne maman, tu n'es pas peste !

— Toi, tu es peste ! Nous sommes à égalité.

Anlaisien voulait rester avec sa maman, Terre Haute, pour se rappeler Miss Oloffson. Sa maman exigea qu'il retourne à son poste. Il reprit son travail en supervisant, en conseillant et en organisant des réunions de temps en temps avec les compagnies qui se disputaient. Il gagna beaucoup d'argent !

Au moins un week-end par mois, Anglaisien rendait visite à sa maman, Terre Haute. Il lui rapportait toujours tous les petits détails du déroulement des choses. Après un an, d'une voix triste, il lui demanda :

— Quand est-ce que je dois visiter ta sœur et ma tante Suezza ?

— Ma pauvre sœur ! s'exclama Terre Haute.

— Pourquoi est-elle pauvre ? Elle est au nombre de tes sœurs riches.

— Parce que la chaudière va être allumée en son nom et qu'elle ne goûtera rien.

— Je ne comprends pas ta parabole.

— Tu aimerais aller là-bas visiter Miss Oloffson !

— Oui, Maman, tu as toujours raison.

— Tu dois être franc avec moi tout le temps.

— Bon, elle reste toujours avec moi !

— Qui ?

— Ta nièce, Miss Oloffson.

— Quand auras-tu tes congés ?

— Je viens d'accomplir un an de travail, j'ai droit à trois semaines de congés.

— Bon voyage, mon fils !

— Tu m'avais promis d'en parler avec ma tante, Suezza. C'est fait ?

— C'est déjà fait. Depuis notre première conversation à ce sujet.

Anglaisien sauta pour embrasser sa mère, oubliant qu'elle était une silhouette. Elle s'éclipsa et lui dit :

— Dès que tu seras revenu, je t'attends !

— *You bet*, Maman ! répondit Anglaisien en anglais. Tu peux compter là-dessus.

L'autre voyage

Anglaisien laissa sa maman joyeusement et commença à parler en anglais tout seul. « *I am going to Suezza to visit Miss Oloffson* » (« Je vais en Suezza visiter Miss Oloffson »). L'anglais était la langue internationale qu'il utiliserait au cours de son voyage jusqu'à Suezza. Il rentra à Neweka, Neweka et acheta son billet : Neweka-Parisa-Stockoma et Stockoma-Parisa-Bostonia.

Anglaisien quitta Neweka un mardi soir à 6 :00 pour Parisa à bord d'un jet Air France. Pendant qu'il voyageait, il constata à son grand étonnement que le français était la langue la plus utilisée à bord. Il décida de passer deux jours à Parisa, Francia, pour améliorer son français et surtout son accent. Parfois, il ne comprenait pas tout de suite ce qui était dit. Il se disait en lui-même : « Peut-être que la famille Oloffson parle très bien français, je ne veux pas être embarrassé là-bas ». Il passa deux jours à Parisa et en profita au maximum.

Il quitta Parisa pour Stockoma le vendredi suivant à 4 :30 p.m., toujours à bord d'un jet Air France. L'avion atterrit à 10 : 30 p.m. Anglaisien se rendit dans un hôtel à deux blocs de l'aéroport. Le lendemain matin, il se leva très tôt, prit son petit déjeuner et se mit à la recherche de la famille Oloffson, et plus spécialement de Miss Oloffson. On lui dit en anglais et en français que le nom Oloffson en Suezza était comme Smith en Ingleterra ou en Aggloméra.

Anglaisien se souvint de ce qui s'était passé à Washasha lors de sa rencontre avec Miss Oloffson. Il décida de prendre la direction du sud, puisqu'il était du sud de Terre Haute. Après deux blocs, il trouva sur sa droite un beau parc et y entra. Il était déjà dix heures du matin. Un vent doux et léger murmurait une chanson suédoise, ou du moins une chanson populaire d'Europe du Nord, puisqu'il ne comprenait aucune de leurs langues. Anglaisien se mit à pleurer et commença à prier :

« Mon Dieu, je ne suis pas Abraham ni son serviteur Eliézer pour trouver Rébecca en faveur d'Isaac. Mais, tu ne changes pas ! Je te fais confiance pour trouver ma Miss Oloffson. Je ne pleure pas souvent, Dieu mon père, quand je prie ; mais à chaque fois que j'ai pleuré en priant, tu m'as toujours répondu. Je te remercie d'avance pour ta réponse. Au nom de ton fils, Jésus-Christ, mon sauveur, je te prie, Père. Amen. »

Il pénétra un peu plus au fond du parc. Un groupe de jeunes gens, hommes et femmes, l'appelèrent « Ali, Dr. King, Pélé. » Il réfléchit, sourit et se dit : « C'est beaucoup mieux que le nom qu'on me donnerait dans un tel milieu dans mon deuxième pays. » Il se sentit plus à l'aise et explora le parc tout en écoutant le mugissement du vent. Tout à coup, il vit une femme habillée d'une chemise lie-de-vin et d'un jean bleu foncé. Elle portait des lunettes noires, ses cheveux blonds tombaient sur ses épaules, ses seins étaient prêts à voler comme deux tourterelles « balbarin ». Elle arborait une ceinture marron foncé et portait des souliers à talons, marron foncé eux aussi. Elle vint d'un pas décidé à sa rencontre. Arrivée à dix mètres de lui, elle prit la forme de l'ange qu'elle était à Washasha puis reprit instantanément forme humaine. Anglaisien cria :

— Ma Miss Oloffson !

— Mon Anglaisien Sudois !

— Embrasse-moi ! demanda Miss Oloffson.

— Sur la bouche ? répéta Anglaisien, fort étonné.

— Bien sûr, tu es en Suezza. Nous sommes très libres.

— Bisou pour toi, la plus belle, dit-il en s'exécutant.

— Allons chez moi ! Nous t'avons préparé une chambre.

— Je dois aller chercher mes bagages à l'hôtel.

— Allons-y.

— Je suis à deux blocs d'ici.

— Je suppose.

Anglaisien monta à la droite de Miss Oloffson dans sa Saab grise et noire et lui dit :

— Tu n'es pas un ange tout le temps ?

— Si tu le savais, tu ne viendrais pas me rendre visite. Je ne l'étais pas à Bostonia. Tu te souviens ?

— Je me souviens. Tu soupçonnais que j'allais venir te voir.

— Je savais que tu viendrais me chercher et m'emmener en Terre Haute.

— T'emmener en Terre Haute !

— Comment ? Il y a une femme en Aggloméra ou en Terre Haute ?

— Non, pas du tout, pas du tout ! répéta Anglaisien avec véhémence.

— Tu aimerais vivre en Terre Haute ?

— Absolument ! La future terre des nations !

— Nous allons vivre tout près de la demeure de ma maman, Terre Haute. Là, j'ai une portion de terre à moins de deux kilomètres d'elle, héritée de ma mère, Jimanie Marc-Luc Sudois, en face de la mer des Caraïbes.

— À une seule condition : tu vas partager un autre lieu avec moi aussi.

— Lequel ?

— Je te dirai et te le montrerai quand nous serons en Terre Haute.

— Tu ne laisseras jamais ta belle Suezza pour Terre Haute où la corruption est abondante.

— « Là où la corruption abonde, la grâce surabonde. » Ta maman, ma tante, connaîtra la surabondance de la grâce de Dieu.

— Comment le sais-tu ?

— Notre Créateur est fidèle ! Il n'a jamais manqué à Sa parole et Il ne mentira jamais !

— Amen ! J'attends de Lui ma Miss Oloffson !

— N'est-elle pas déjà entre tes mains ?

— Elle est mienne ?

— Depuis la dernière réunion de Calladda !

— Laisse-moi prendre mes bagages !

Ils quittèrent l'hôtel. En allant chez ses parents, elle lui dit :

— Mes parents parlent bien le français et l'anglais, mais ils aiment beaucoup plus le français.

— Bon, nous commencerons en français et s'il le faut, nous nous exprimerons en anglais aussi.

— Voilà mon Anglaisien !

— À part le fait que tu sois mienne, je suis tien aussi ?

— Réciproquement !

— Qu'est-ce que tu comptes faire ?

— Tout est déjà planifié entre mes parents et moi pour que j'aille vivre en Terre Haute !

— Si tu n'étais pas une cousine et un ange, je ne te croirais pas.

— Dieu soit loué, tu es un homme averti !

— Quelle est ta mission en Terre Haute ?

— Je ne connais pas tous les détails. Se marier à celui qui est venu me chercher dans mon pays, cela est acquis.

— Qui est-il alors ?

— Tu feras sa connaissance à la maison.

— Je ne serai pas un obstacle ?

— Non, il te comprendra.

— Tu l'aimes plus que moi ?

— Je n'ai qu'un seul cœur !

— Il y en a qui en aiment deux ou trois à la fois !

— Celles et ceux et qui sont hypocrites comme les crocodiles !

— Tu n'es pas crocodile ?

— Jamais ! J'aime une fois pour toutes !

— Combien je suis béni !

— Voilà ! Et ne te fatigue plus !

Ils arrivèrent chez Miss Oloffson. Toute la maisonnée vint les accueillir à l'entrée du garage. Anglaisien fut vraiment accueilli par Muhamed Ali, le Dr. Martin Luther King Jr. et Pélé.

Des séances de toutes sortes eurent lieu pour le départ de Miss Oloffson, leur seule fille, en Terre Haute. Anglaisien s'étonna et réfléchit ainsi : « Si les mamans collaborent aussi bien que cela, qu'en serait-il dans le paradis du Créateur ? »

Miss Oloffson en Terre Haute

Miss Oloffson et Anglaisien partirent pour Terre Haute en passant par Parisa-Bostonia puis par Bostonia-Miamia-Porta-Principia. Arrivés à Bostonia-Massassa, ils entreprirent un autre mariage civil, comme cela avait été fait avant leur départ de Suezza. Ils entrèrent à Porta-Principia. Miss Oloffson dit à Anglaisien :

— Amène-moi vers la place Jérémie dans le quartier Bas Peu de Choses, avant notre départ pour Les Anglais.

— Bon, ce n'est pas trop dérangeant. On est toujours sur la route.

— Tant mieux, répliqua Miss Oloffson.

Une fois à destination, elle regarda un petit plan qui avait été fait par son grand-père paternel et prit la direction de l'est, tenant Anglaisien par la main droite. Ils gravirent une colline et entrèrent dans un hôtel. Anglaisien lui cria :

— Nous ne sommes pas encore mariés devant le Créateur !

— Je le sais très bien ! Et aussitôt arrivés à Les Anglais ce soir, nous irons visiter Terre Haute afin qu'elle nous amène devant le Créateur pour notre mariage spirituel.

— Et pourquoi veux-tu que nous consommions nos deux mariages civils avant notre mariage devant le Créateur ?

— Je ne le veux pas ! rétorqua Miss Oloffson.

— Qu'est-ce que nous faisons ici ?

— Anglaisien, mon amour, je n'ai réservé aucune chambre !

— Tu vas le faire en personne ici ?

— Non ! Je suis ici pour une autre raison ! Suis-moi !

Il obéit. Ils pénétrèrent dans une très belle salle, élégamment décorée et remplie de gens qui les acclamèrent : les nouveaux propriétaires ! Anglaisien resta stupéfait. Le manager et la cuisinière leur montrèrent la place spéciale qui leur était réservée à n'importe quelle heure.

Ils laissèrent l'hôtel, descendirent la colline et regagnèrent leur Jeep. Une fois assis au volant, Anglaisien lui dit :

— Tu as foi en l'idée que Terre Haute sera la Terre des Nations et tu es très brave aussi ! Tu as investi beaucoup d'argent dans l'achat de cet hôtel.

— Descendons de la Jeep, Anglaisien ! Je vais te faire lire quelque chose ! Regarde là-haut, un peu au milieu, et lis à haute voix pour moi, s'il te plaît, mon presque futur mari.

— « HÔTEL OLOFFSON » !

— C'est mon héritage, légué par mon grand-père paternel, comme je suis la seule fille de la famille. Il m'a réclamé deux grands prix. Il avait prié !

— Je ne comprends absolument rien !

— C'est bon pour toi !

— Le nom, Hôtel Oloffson, me dit quelque chose. Ma maman, avant sa mort, nous en avait parlé. Si je ne me trompe pas, je crois qu'elle avait vécu dans cet hôtel avec mon grand-père, Durocher Marc-Luc.

— Ce nom, Durocher Marc-Luc, me rappelle quelque chose aussi. Mon grand-père, Octav Oloffson, le mentionnait très souvent.

— J'attends de voir comment cette partie va être jouée.

— Attendons, cousin !

Anglaisien laissa Porta-Principia aux environs de deux heures de l'après-midi car il voulait arriver à la plage Pointe-de-Sable de Port-Salut aux environs de six heures pour contempler le coucher du soleil avec sa promise, et surtout lui faire apprécier les charmes de sa région : « La Côte. » À 5 h 45, ils étaient debout, admirant le spectacle de ce coucher de soleil du mois de juillet. Un soleil jaune abricot foncé changeait en rouge ; soudainement, il était jaune-rouge et puis, complètement rouge formant des barres qui soulignaient l'horizon. Les rayons rouges de ce soleil projetés sur la mer créaient une petite planète « Mars ». Une ombre noire s'approchait, et le soleil rouge disparaissait en quelques secondes. Miss Oloffson lui demanda :

— Où sommes-nous ?

— Tu n'es pas en Scandinavie, tu regardes la mer des Caraïbes de la côte sud de ta tante, Terre Haute.

— Tu es vraiment de cette région de Terre Haute ?

— Je suis natif de la Côte ! Les hommes de cette région sont très braves ! Ce sont des hommes aussi !

— En quel sens sont-ils des hommes ?

— Ils peuvent prendre des décisions ! Ils peuvent tenir leurs promesses ! Ce ne sont pas des marionnettes !

— Ce n'est pas étonnant que tu sois mien !

— Merci d'être mienne aussi, mon petit chou !

Ils partirent pour Les Anglais à 6 h 30. Sur le trajet, il lui indiqua les différents lieux et communes de la zone tels : Carpentier, Rosier, Roche-à-Bateau, Côteaux, Damassin, Figuier, Port-à-Piment, Bousquette, Calapa, Chardonnières, Caïman, Casse et Les Anglais.

Aussitôt arrivés, ils prirent la route de chez Terre Haute. Quelle fête !

— Ma laborieuse nièce, mes compliments ! Tu as aidé Anglaisien à réussir.

— Je n'ai fait que mon devoir, chère tante ! Tu mérites toutes les grâces du Créateur !

— Je commence à en bénéficier ! Bienvenue chez ta tante, mets-toi à l'aise comme chez ta maman, Suezza.

— Merci, ma tante chérie, je le ferai. Seulement, ne tarde pas à nous emmener voir le Créateur pour la vraie bénédiction nuptiale.

— Ne t'en fais pas, ma chérie, il n'y aura pas de retard. Ta maman Suezza, Aggloméra, la mère adoptive d'Anglaisien et moi, nous serons de la partie, et c'est tout.

Pendant ce temps, Anglaisien était allé se reposer dans sa chambre habituelle. Terre Haute prépara une autre chambre à l'ouest pour Miss Oloffson, tandis qu'Anglaisien se trouvait à l'est et Terre Haute au centre. Elle reçut un signal du Créateur pour les emmener en Alassakwakwa pour leur bénédiction nuptiale spirituelle.

Le mariage divin

Terre Haute partit avec eux et atteignit Alassakwakwa en même temps que sa sœur Suezza. La cérémonie eut lieu. De retour En Bas-Morne, Terre Haute déclara : « Vous êtes libres de regagner le large pour croître et multiplier. » Ils prirent le large.

Anglaisien invita Miss Oloffson à se baigner avec lui, pas trop loin d'En Bas-Morne. Une fois dans l'eau, il lui dit :

— Nous ne sommes pas trop loin de la demeure de Terre Haute. Et regarde en face de toi, un kénépier rempli de grappes presque mûres. Ce lopin de terre contournant le kénépier est le nôtre. Là, je bâtirai pour toi une belle petite maison.

— Merci, mon amour. Là, je contemplerai les différentes couleurs et variations de la mer des Caraïbes.

Elle donna un baiser à Anglaisien qui le prolongea en un long baiser mouillé.

Anglaisien était disposé à s'enchaîner. Malheureusement, Miss Oloffson ne répondait pas. Elle était devenue frigide. Anglaisien lui demanda :

— Qu'est-ce qui ne va pas ?

— Je ne sais pas, Amour. Il semble que je sois dans la mer froide de la Scandinavie au lieu de la mer tropicale des Antilles.

— Ce n'est pas un problème trop grave, nous avons des sages-femmes qui peuvent te donner différents types de thé amer pour te transplanter en mer tropicale.

— Anglaisien, mon mari, conduis-moi à Porta-Principia.

— Ah bon ? Tu es citadine, tu ne veux pas jouir de ta lune de miel en province ? Tu aimerais être dans un hôtel ? Il y en a un sur la route, nous n'avons pas besoin d'aller jusqu'à Porta-Principia.

— Non, mon chéri, je préférerais être en province pour la lune de miel plutôt qu'à Porta-Principia. J'ai tout simplement envie d'être dans le studio de notre hôtel !

— Allons, ma chérie, mais c'est très grave !

— Je comprends. *We will make up for it.* Nous arrangerons cela.

— *All right, baby !* Okay, chérie !

Ils partirent pour Porta-Principia. Ils rejoignirent leur emplacement réservé. Ce n'était pas seulement la mer tropicale, toutes les sources chaudes de Terre Haute étaient de la partie aussi. Les eaux chaudes imbibèrent trois serviettes blanches. Anglaisien demanda de l'aide aux trois plus anciennes cuisinières de l'hôtel qui avaient reçu tant de doléances similaires durant leur travail à l'hôtel Oloffson. Elles lui donnèrent les recettes habituelles. Anglaisien voulut conserver les serviettes rougies comme souvenir. Il les déplia dans leur chambre principale pour les aérer. Le lendemain matin, elles avaient disparu.

Anglaisien retourna vers les trois cuisinières pour leur demander ce qu'il en était.

La plus ancienne lui dit : « Il y a une vieille histoire, *Viejo-Blanco*, que j'ai apprise ici. Il faut chercher dans les tiroirs s'il n'y a pas un document spécial à ce sujet. »

Anglaisien fouilla dans tous les tiroirs et toutes les cachettes de leur studio spécial mais ne trouva rien. Miss Oloffson ne se portait pas très bien à cause de la quantité d'eau chaude versée. Elle gardait le lit tout en observant les activités de fouille de son mari. Somnolente et épuisée, elle demanda à son mari :

— Que cherches-tu, mon chou ?

— Un document important de ton grand-père, Octav Oloffson.

— Je l'ai déjà trouvé, Zouzou !

— Zouzou, c'est quoi ?

— Le surnom que je veux te donner.

— C'est très bien, ma chérie, Tav.

— Tav, d'où ça vient ?

— De ton grand-père, Octav.

— Son document est écrit en suédois, je dois le traduire pour toi.

— Vas-y, ma chérie !

— Mon grand-père, Octav Oloffson a écrit :

> *J'ai rencontré Durocher Marc-Luc, né à Les Anglais, Terre Haute, au cours de l'année 1947 comme marin à bord du bateau Le Voyageur, dont j'étais le capitaine, trafiquant de la Suezza, mon pays d'origine, Alemania et les Caraïbes, spécialement Terre Haute. M. Durocher Marc-Luc était marin avant, à bord d'un autre bateau cubain qui naviguait dans tous les coins de la mer des Antilles. Il parlait l'anglais, l'espagnol, le français et sa langue natale, le créole, parlé en Terre Haute. C'était un homme mince, de belle taille, un grand laboureur durant la période où il n'était pas à bord. Un charmant homme dans tous les sens. C'était l'homme préféré de tout l'équipage du Voyageur.*
>
> *Un soir, je lui parlai de regagner la terre pour de bon. Je voulais avoir ses conseils, puisque j'étais intéressé pour investir quelque part dans les Caraïbes. Il m'avait suggéré de posséder un hôtel en Terre Haute, parce que, bientôt, le tourisme battrait son plein à cause des infrastructures établies par le président actuel, Dumarsais Estimé. Je l'avais fait et sa prophétie s'était accomplie. Je lui avais demandé de me rejoindre dans cette entreprise. Il s'était arrangé avec ses trois filles, dont la maman était déjà morte depuis leur adolescence, pour emménager dans la*

capitale de Terre Haute. Nous vivions ensemble dans une partie de cet hôtel, appelé *HOTEL OLOFFSON*, qui porte ton nom et mon nom, *OLOFFSON*. Ses trois filles fréquentaient les meilleures écoles et ambiances de la capitale. Elles s'étaient mariées honorablement. La cadette, Jimanie Marc-Luc Sudois, visitait souvent sa ville natale : Les Anglais. Nous l'appelions Anglaisienne. Elle s'était mariée à un Cayen qui retourna aux Cayes avec elle. J'avais appris, lorsqu'elle portait son troisième enfant, aux environs de six mois et demi de grossesse, qu'elle allait à Les Anglais pour satisfaire son envie de manger de l'arbre à pain et du gombo. Après deux semaines, elle donna naissance à un garçon de sept mois, le premier de la famille immédiate de Durocher Marc-Luc, mon conseiller et bienfaiteur. Jimanie l'appelait Anglaisien Sudois. Sudois est le nom de son père. Elle ne retourna jamais à Port-au-Prince. Elle aimait beaucoup plus la vie provinciale. Je n'eus pas la chance de rencontrer Anglaisien durant le reste de ma vie, mais son grand-père Durocher Marc-luc m'en avait parlé.

Trois ans plus tard, la femme de mon troisième fils, Gustav Oloffson, donna naissance à la première fille de ma famille immédiate. Nous étions tous d'accord pour l'appeler Miss Oloffson.

Durocher Marc-Luc travaillait tellement bien avec moi que j'étais décidé à ce que l'un de mes descendants se lie par mariage à l'un de ses descendants, afin que notre alliance soit transcendante. Qui ? Son petit-fils et ma petite-fille ! C'est pourquoi je t'ai légué cet héritage, ma petite-fille.

Que tu rencontres Anglaisien Sudois, le petit-fils de Durocher Marc-Luc, mon ami !

Que tu sois reine en Terre Haute !

Que Dieu soit avec toi !

Que notre pays Suezza aime ton deuxième pays, Terre Haute.

Sincèrement,
Granpa Octav Oloffson
O.O.

P.S. : Durocher Marc-Luc et moi avons prié pour que vous vous rencontriez ! Nous avons appelé ce contrat : « Viejo-Blanco. » Il m'appelait Blanco et je l'appelais Viejo. Nous avons prié aussi pour que tu te maries vierge. Et si cela est, les serviettes rouges seront nôtres.

Miss Oloffson et Anglaisien étaient étonnés.

— Nous allons apprendre à aimer pour plaire à notre Créateur, la source de l'amour ; pour respecter le contrat, « *Viejo-Blanco* », et pour notre bien-être, déclara Anglaisien.

— Ton grand-père, mon grand-père, ta maman et mon papa vivaient dans cet hôtel. Et nous y voilà aussi.

— Leur Dieu, notre Dieu, est fidèle.

— Va me chercher quelque chose à manger, chéri !

— Tout de suite, mon amour !

Anglaisien alla jusqu'à la salle à manger. La table du petit déjeuner était garnie. Il retourna dire à Miss Oloffson :

— La table du petit déjeuner est remplie, veux-tu que je t'emmène là-bas ?

— Comme tu veux, mon petit chou !

— Je veux te porter, t'asseoir là-bas !

— Je veux être couchée dans tes bras en te regardant dans les yeux.

— Et là-bas, je vais te nourrir.

— Déjà, j'ai un excellent appétit !

— Je te le souhaite à nouveau !

— Tu es très gentil, mon Zouzou.

— Tav, tu es la gentillesse même.

— Que notre Créateur m'aide à être toujours gentille avec toi.

— Je te crois. Ouvre la bouche !

Après avoir déjeuné, ils partirent explorer les plages de la côte Arcadin. Miss Oloffson, très bonne nageuse professionnelle, ancienne capitaine de la marine, âgée de 32 ans, voulait atteindre l'île de la Gonâve à la nage à partir du port de Montrouis. Anglaisien l'en empêcha du fait qu'elle avait versé trop d'eau chaude et il ne voulait pas non plus que sa femme serve de dîner aux requins de cette côte.

Le lendemain après le petit déjeuner, ils prirent la direction du sud pour explorer les plages de Gressier et de Léogâne. Anglaisien initia Miss Oloffson à manger du lambi boucané de la zone. La lune de miel continua avec des visites tantôt ici, tantôt là-bas.

En allant à la Côte

L'heure du retour à « La Côte » sonna. Ils embarquèrent. En laissant Porta-Principia, Anglaisien avait en tête trois plages : Maurisseau d'Aquin, Gelée des Cayes et Pointe-de-Sable de Port-Salut. Ils arrivèrent à la plage Maurisseau d'Aquin. La mer était calme. Un îlot situé à peine à deux kilomètres du rivage les regarda venir, semblant vouloir leur dire : « Approchez pour me visiter. » Ils avaient compris, semble-t-il. Miss Oloffson cria :

— Seulement deux ou trois kilomètres de distance : les requins n'auront pas le temps de me dévorer.

— Je veux t'accompagner aussi, dit Anglaisien.

— Allons !

Ils partirent ensemble. Il arriva tout essoufflé alors que Miss Oloffson était tranquille. Il lui demanda :

— Comment ai-je failli avoir une crise cardiaque alors que toi tu es plus calme que cette mer ?

— Tu ne sais pas comment bien respirer en nageant.

— Comment dois-je faire ?

— À chaque brasse, il faut sortir et faire entrer de l'air dans tes poumons.

— Montre-moi !

— Fais comme ça : « Fouhh, feinff, fouhh, feinff ».

— J'aime ce « fouhh, feinff ».

— Zouzou, *you have a dirty mind.* Tu penses salement.

— Comment ça ? Je suis en pleine lune de miel avec mon épouse.

— OK. Faisons « fouhh et feinff ».

— Voilà, ma Tav.

L'îlot les contemplait. « Fouhh et feinff ». Ensuite, ils contemplèrent cet îlot. Ils regagnèrent le rivage. Anglaisien était déjà un bon élève. Il n'était pas aussi fatigué qu'avant.

Ils partirent pour les Cayes. Ils dînèrent dans le restaurant de chez Mme Perrin. Après le repas, il lui dit :

— Nous allons faire la sieste à la plage Gelée.

— Arrivée sur cette plage, je vais dormir sur toi.

— Comme tu veux, ma Tav.

— Zou, tu vois combien je suis à l'aise dans ton pays. Tu feras comme moi aussi en Suezza.

— Mon pays est ton pays. De plus, Viejo et Blanco souhaitaient que tu sois reine en Terre Haute.

— Je préférerais être la femme du roi plutôt que reine.

— Bon, c'est presque la même chose.

— C'est promis ?

— Bon, je ne serai jamais roi.

— Dis-moi que c'est promis, au cas où tu deviendrais roi !

— C'est plus que promis, mais je ne serai pas roi.

— Tu me promets que je deviendrai la femme du roi.

— Si tu m'aides à devenir roi, tu seras la femme du roi en Suezza.

— Je veux être la femme du roi en Terre Haute !

— Nous sommes arrivés à la plage. Sortons de la voiture !

Anglaisien sortit avec deux chaises longues. Ils s'allongèrent côte à côte. Soudain, elle vint se coucher sur Anglaisien et susurra à son oreille droite :

— Tu ne veux pas que je sois la femme du roi en Terre Haute.

— Ta tante, Terre Haute, t'a dit que je serai roi ?

— Elle va te le demander !

— Quand ?

— À notre arrivée chez elle ! Bientôt.

— Pourquoi ?

— Elle était destinée à être un royaume !

— Je veux être le roi de ton cœur, déclara Anglaisien en embrassant Miss Oloffson.

— Tu l'es déjà, je veux que tu sois roi sur toute Terre Haute pour faire plaisir à ta maman.

— Allons-nous baigner.

— Allons, le roi de Terre Haute !

— Une partie de Terre Haute fut autrefois un royaume ! Maintenant, toute Terre Haute est une République. Elle restera toujours une République.

— Non ! Elle sera un royaume !

— Nageons pour atteindre ce voilier ancré là-bas !

Ils atteignirent le bateau. Anglaisien se hissa à bord en premier puis aida Miss Oloffson à monter. Assis sur le voilier, dos contre le mât, ballottés par une légère brise, ils regardèrent en face d'eux l'Île-à-Vache et à leur droite, la pointe Abacou. Anglaisien déclara :

— Je veux toujours profiter de pareils bons moments avec toi.

— Bien sûr, mon roi !

— Il y a seulement trois types de roi, ici en Terre Haute, dit Anglaisien en riant.

— Pourquoi ne cesses-tu pas de rire ?

— Ne me demande pas de citer ces trois types de roi, dit-il en continuant à rire.

— Bon, comme tu veux.

Anglaisien continua à rire jusqu'à en pleurer. Miss Oloffson lui dit :

— Je vais demander à Terre Haute les noms de ces trois types de roi.

— Non Tav, ma chérie, ne lui demande rien à ce sujet.

— À condition que tu deviennes l'un de ces trois rois.

— Oh non !

— Je choisis le troisième type de roi pour toi.

— Je suis piégé !

— C'est très bon pour toi !

— Tav, donne-moi un bisou que je vais changer en un long baiser mouillé.

— En ton honneur, majesté du troisième type !

Ils s'embrassèrent longuement. Ils retournèrent ensuite jusqu'au rivage et partirent pour la plage Point-de-Sable de Port-Salut, le vrai commencement de «La Côte». En chemin, Anglaisien lui fit remarquer tous les villages, surtout Boury, celui de la fameuse Ticarole de « *Cynbel et Zothia* » et Torbeck, le lieu natal du fameux Boisrond Tonnerre, le rédacteur de l'acte ronflant de l'indépendance de Terre Haute. L'acte que beaucoup de cousins scélérats utilisaient pour matraquer Terre Haute à cause de certaines paroles répétées par l'orateur, comme celles-ci : « Il nous faut la peau d'un Blanc pour parchemin, son sang pour encre, son crâne pour écritoire et une baïonnette pour plume ». Alors que ces paroles étaient purement adressées aux anciens oppresseurs et qu'elles ne figuraient pas dans l'acte ou la Constitution.

Ils arrivèrent à l'autre plage, Pointe-de-Sable de Port-Salut à 16 h. Leurs choix étaient multiples, la plage était presque vide, elle avait la forme d'un demi-cercle ou d'un arc. Ils commencèrent à gauche pour terminer à droite, en regardant l'horizon. Les parties de gauche et du milieu de la plage n'étaient pas profondes. Mais la partie droite était bordée par un rocher noir, ressemblant aux rochers de la mer du village de Tables aux diables. Ces tables-rochers placées dans la mer, disait-on, étaient des tables dont de mauvais esprits se servaient parfois le soir. La mentalité des gens de ce village laissait croire qu'il y avait là une part de vérité. Les juges de la commune de Roche-à-Bateau avaient recours aux pasteurs dudit village pour les aider à régler les petits troubles qui parvenaient jusqu'à eux. Passons, il ne faut pas trop se mêler des affaires des autres, surtout quand on ne connaît pas la bonne version. Retournons du côté droit de la plage de Pointe-de-Sable, tout près de ce rocher noir où Anglaisien et Miss Oloffson s'embrassaient déjà. Ils atteignirent le rocher noir à la nage pour contempler cette partie de mer verte, comparativement au reste qui était bleu. Là, en maillot de bain, accrochés l'un à l'autre, ils contemplèrent le même spectacle que la fois dernière : le coucher du soleil de « La Côte. »

Il était six heures un quart. Ils décidèrent de rester en maillot de bain. Anglaisien accélérait merveilleusement bien. Ils arrivèrent aux Coteaux à sept heures trente. Ils soupèrent de poisson frit, de pain râlé et burent du cola Couronne glacé. Ils partirent et arrivèrent à Port-à-Piment à neuf heures. Anglaisien invita Miss Oloffson à passer la nuit à l'auberge « Yvette Marsan. » Un vrai baiser fut échangé.

En visitant La
grotte Marie-Jeanne

L e lendemain matin, après avoir pris le petit déjeuner,
Anglaisien déclara à Miss Oloffson :

— Nous allons visiter la grotte Marie-Jeanne, la plus
grande du bassin de la Caraïbe.

— Avec plaisir, Zouzou. Mais, dis-moi, qui était
Marie-Jeanne ?

— C'est une très bonne question, Tav !

— Vas-y, mon Zouzou !

— Je crois que le général Laurent Férou, originaire des
Côteaux, où nous avons mangé hier soir du pain râlé, du
poisson frit et bu du cola Couronne, a donné le nom de
Marie-Jeanne à cette grotte parce qu'elle était doublement

associée à nos généraux de l'indépendance, en espionnage et en amour.

— La grotte mérite de porter son nom. C'était une femme extraordinaire !

— Bien sûr !

Ils gravirent la colline, pas trop loin de l'auberge, pour arriver à la grotte. Un jeune homme de vingt-huit ans, leur guide, du nom de Franck Fouron, un pur élève du directeur de la grotte, les guidait. Il parlait un français épuré, mais Miss Oloffson voulait entendre de préférence le créole parlé en Terre Haute, surtout avec l'accent de « La Côte » auquel son mari était très fier de s'identifier. Le guide était devant, Miss Oloffson au milieu et Anglaisien fermait la marche. Ils descendirent un escalier de pierre d'argile blanchâtre. Mon Dieu ! La grotte était immense ! Une seule journée ne suffirait pas.

Franck leur parla en créole, à la demande de Miss Oloffson, de la vivacité de la grotte. Elle était vivante ! Elle vivait ! Il leur expliqua et montra le processus de cette vie qui avait même créé une grande statue de Marie-Jeanne, et d'autres, petites. Il y avait plusieurs sections, compartiments et chambres. Le silence, la sérénité et une sonorité étrange dominaient dans ce lieu souterrain. Après avoir longuement marché avec eux, en dernier lieu, il les emmena dans un compartiment où il leur demanda de fermer les yeux, de s'accrocher l'un à l'autre et de ne rien dire, puis il se retira. Mon Dieu ! Quel monde ! Ils étaient enchantés ! Ils entendaient comme seul bruit celui de leur cœur, fortement. Ils se tinrent ainsi pendant quinze minutes. Ne pouvant plus tenir davantage sur leurs pieds, ils se détachèrent pour revenir à notre monde. Ils sortirent de la grotte, s'assirent et se ressaisirent. Debout l'un à côté de l'autre au sommet de la colline, ils contemplèrent la mer bleue, vraiment bleue. Peu après, collés l'un à l'autre, ils descendirent la colline tout en trébuchant. Franck marchait d'un pas ferme devant eux.

Ils invitèrent Franck à dîner. Arrivés à l'auberge, les lieux étaient envahis par l'odeur des poulets frits, des patates douces frites, de l'arbre à pain frit, des bananes frites. Ils se lavèrent les mains et passèrent à table. Franck les quitta après le dessert. Miss Oloffson le remercia chaleureusement. Ensuite, ils allèrent se coucher dans leur chambre. Et ils dormirent !

En allant à Les Anglais

Le lendemain matin, très tôt, ils partirent pour Les Anglais. Ils arrivèrent à Chardonnières. Anglaisien dit :

— C'est la terre de ma grand-mère maternelle, Espérancia L'Espoir, la femme de Durocher Marc-Luc, mon grand-père, l'ami de ton grand-père, Octav Oloffson, et la terre des raisins aussi !

— Puis-je en trouver ?

— Allons sur le territoire de mon arrière-grand-père maternel, Cédé L'Espoir. Peut-être que nous en trouverons.

— Y en a-t-il de toutes les couleurs ?

— C'est-à-dire ?

— Du blanc, du rouge, du noir et du bleu.

— Durant mon enfance, il y en avait.

— Tu avais l'habitude de venir à « La Côte » durant ton enfance ?

— Bien sûr. Ma maman, Jimanie Marc-Luc Sudois, venait souvent à Les Anglais avec moi. Je suis le seul né à Les Anglais. Parfois, elle me laissait ici, à Chardonnières, avec sa tante, ma grand-tante, Thérèse l'Espoir, appelée « Yan » ou « Yan Tètè » par son premier petit-fils, Keley. Ce surnom lui est resté et a été utilisé par tous ses petits-fils, ses petites-filles et ses petits neveux et nièces ; et par ses cousines, Nanie, Reyette, Erna, appelée aussi Bol, Josette et Andrée.

— Le seul fils !

— Né pour Miss Oloffson !

— Né pour être roi aussi !

— Descendons, tu vas saluer tout le monde !

— Bien sûr, Zouzou.

Après les salutations d'usage et avoir fait connaissance, Anglaisien emmena Miss Oloffson vers une tonnelle de raisin blanc. Toute la famille était réunie autour de Miss Oloffson, cueillant pour elle des grappes de raisin blanc. Ils se rendirent avec elle à droite, sous les tonnelles de raisin rouge, noir et bleu. Elle avait maintenant trois corbeilles de fruits. En montant Ganette et en descendant Trou Bambi, conduisant à Les Anglais, Miss Oloffson et Anglaisien mangèrent du raisin. Ils se le mettaient dans la bouche l'un l'autre. Ils entrèrent en compétition pour savoir quelle variété de raisin était la plus sucrée. Ils disaient chacun leur tour : « Ça, c'est sucré comme moi. »

À Les Anglais

Ils s'arrêtèrent à Caïman, l'un des villages fertiles de Les Anglais, sur une pente donnant sur la mer.

— Tav, dis-moi ce qu'on peut faire sur cette vaste mer étalée devant nous !

— Petit souverain du Créateur, bâtir un grand port international sur cette mer serait idéal.

— Tu es née pour être ma femme ! C'est comme si tu lisais dans mes pensées.

— Petit roi du Créateur, Il t'aidera à le construire !

— Tav, que veux-tu insinuer par « Petit souverain » et « Petit roi du Créateur » ?

— Eh bien, je souhaite que tu deviennes un roi beaucoup plus humble, plus simple et plus reconnaissant que David !

— Tav, soyons sérieux ! *Do you mean that?* Es-tu sérieuse avec cette affaire de roi ou de souverain ?

— *I mean it !* Je suis sérieuse !

— Tout va bien ?

— Je suis très bien dans ma tête !

— Non, mon petit chou, je ne voulais pas aller aussi loin.

— Bon ! Tu le sais maintenant !

— Tu réagis comme une femme de « La Côte ».

— Mon mari en est originaire.

— Tu en es devenue originaire, toi aussi ?

— Voilà, mon Zouzou.

— Tu es charmante. Embrasse-moi, ma chérie.

— Bisou pour le roi !

Ils s'embrassèrent longuement ! Puis repartirent.

En descendant, Miss Oloffson remarqua un champ de roseaux à leur droite et une sorte de petit lac saumâtre à leur gauche. Certaines vagues autoritaires traversaient la dune du sable-pont ; elles ondulaient sur l'eau douce de ce petit lac provenant de la terre marécageuse noire, épaisse, grasse et cachée en arrière des roseaux, attendant toujours les semences de riz « Buffalo » de Fredo depuis son premier essai en collaboration avec son cousin Urgo. Elle lui dit :

— Je veux aller voir cette bataille !

— Laquelle ?

— Les vagues qui veulent détruire la dune en remplissant le lac.

— Bienvenue à Les Anglais. La plupart du temps, les vagues sont féroces et violentes.

Ils tournèrent à gauche, atteignant le coin du rivage de la bataille. En chemin, Anglaisien lui expliqua :

— Tout ce territoire appartenait à mon arrière-grand-père, Cédé L'Espoir. Il y avait des moulins à cannes, il embauchait beaucoup de gens. Sa femme, Marie Poupa, mon arrière-grand-mère, est née dans ce village. Nous avons toujours des cousines aux environs, les filles de grand oncle Chavannes. Si tu veux boire de la noix de cocotier, je t'en trouverai.

— J'ai très envie d'observer cet envahissement !

— Bon ! Il faut m'attendre ! Ne t'aventure pas trop loin ! Ces vagues-là sont des hors-la-loi !

— Je le constate !

— Cette partie de la mer est très profonde aussi.

— Quand c'est calme, nous viendrons plonger ici.

— C'est promis !

Miss Oloffson regarda pendant trente minutes ce tumulte entre les vagues et ladite dune. Celle-ci perdit, comme d'habitude ! Et ce n'était pas étonnant, le petit lac était saumâtre ! Ils partirent pour le bourg. Ils longèrent deux bandes de terre bien irriguées, fournies en bananiers et manguiers éparpillés au bord de la route principale, alors qu'au centre, il y avait des champs de maïs prêts à être moissonnés pour céder la place aux semences de pois rouges et noirs du mois de novembre de Fredo, qui voulait que sa commune soit le grenier numéro un de toute « La Côte. » Ils traversèrent la rivière, appelée communément par tous les Anglaisiens : « La Grande Rivière. » Miss Oloffson regarda devant elle les vestiges coloniaux, une muraille antique, bâtie par les colons anglais ou français, servant de protection au bourg. (Si nous ne sommes pas précis au sujet des colons bâtisseurs, c'est que les deux groupements se disputaient la propriété de ce riche coin de terre. D'ailleurs, le nom de la commune est Les Anglais.) Tout de suite après avoir côtoyé la muraille, elle vit une tour à sa droite et demanda à son mari :

— Tu n'as jamais été là-haut ?

— Non ! Mais, je fréquentais la cour régulièrement. Le meilleur puits de la ville s'y trouve.

— J'aimerais la visiter !

— Nous reviendrons demain !

— Entendu, mon Zouzou.

— Ce soir, il y a la fête natale !

— Cela ne s'est pas bien passé la dernière fois.

— Tu vas arranger cela ?

— Je suis toujours prête à payer ma dette !

— Ouah ! Tu m'impressionnes beaucoup plus !

— Ce n'est qu'un commencement !

— Sortons de la voiture, ma chérie, nous allons faire le tour de la ville.

Ils garèrent leur Jeep dans la rue Corner, tout près de chez Rolande. Ils descendirent cette rue pour commencer par la toute première à leur gauche.

Tous les enfants qui jouaient dans les rues disparaissaient à leur approche et couraient se réfugier dans leur maison tandis que les adultes les regardaient de travers. Ils pensaient qu'Anglaisien s'était marié à la fille de Sarasin, qu'il cherchait des gens à emmener, surtout des enfants. Miss Oloffson, qui voulait rencontrer et parler à certains enfants, questionna son mari :

— Pourquoi s'enfuient-ils ?

— Peut-être qu'ils ont peur de nous.

— Ou du moins, ils ne me veulent pas pour leur Anglaisien.

— Ou du moins, ils te prennent pour quelqu'un d'autre.

— Par exemple ?

— La fille d'un certain démon appelé Sarasin.

— Qui est-ce ?

— La résidence de Terre Haute est son habitat, selon les gens de la commune de Les Anglais. D'après les dires, c'est un diable avec lequel on peut passer un contrat pour avoir de l'argent en lui donnant des gens.

— Donc, les enfants et leurs parents pensent que nous faisons une promenade de repérage ?

— Tav, tu as tout dit !

— Eh bien, Zouzou, allons arranger notre tente sous notre kénépier. Et là, la fête natale débutera.

— Tav, tu as bonne mémoire !

Au village Aubourg

Ils retrouvèrent leur Jeep et atteignirent leur domaine, situé à l'opposé en diagonale, non loin de la résidence de Terre Haute. Ils placèrent leur tente sous leur kénépier. Elle lui dit :

— Accorde-moi un peu de ton temps, s'il te plaît, de temps en temps.

— Pour cet après-midi et ce soir, tout mon temps est entièrement ton temps !

— Viens manger avec moi !

— Après, nous irons-nous promener dans les collines environnantes et observerons nos voisins les oiseaux.

Ils soupèrent et partirent pour les collines situées derrière leur territoire. Après en avoir escaladé plusieurs, ils s'assirent au sommet de la dernière. Là, ils observèrent des ramiers au plumage bleuâtre qui regagnaient leurs nids. Les nourriciers apportaient dans leurs becs quelque chose à manger à leurs petits. Ils entendirent un mélange de chants d'oiseaux, de bruits de sauterelles et de miaulements de chats marron.

La nuit était tombée. Mais la lune diffusait sa clarté. En revenant, Anglaisien dit :

— Nous allons nous baigner dans la mer tout près de Terre Haute.

— Où la mer froide de la Scandinavie envahissait la mer tropicale des Antilles.

— Hum… mais cela en vaut la peine !

Les rayons de la lune, presque pleine, les éclairaient ainsi que cette mer houleuse. Une fois sortis de l'eau, ils se couchèrent sur le ventre sur le rivage pour se laisser frapper dans le dos par certaines vagues. Les vagues repartaient avec eux. Ils se levaient et couraient se coucher à nouveau. Enfin, ils allèrent se rincer dans l'eau d'un ruisseau proche. Puis ils s'habillèrent pour la fête natale.

Assis sous leur kénépier, le dos contre cet arbre géant au large tronc raccourci, fourni en feuilles remplies de grappes vertes qui mûriraient le mois prochain, Anglaisien lui raconta comment il était né à Les Anglais et était habitué à y venir et y revenir depuis son enfance. Miss Oloffson échangea avec lui sur ce même sujet, son enfance et sa jeunesse en Stockoma, Suezza. Ils bénissaient le Créateur pour ce grand miracle dont ils avaient bénéficié : leur rencontre. De l'Europe du Nord à l'Amérique Centrale, l'amitié d'un grand-père paternel et d'un grand-père maternel avait abouti à une alliance transcendantale, leur relation de cousine et cousin à travers Terre Haute et Suezza, leur mission accomplie à Washasha, Aggloméra et leur amour réciproque. Tout cela valait la peine de célébrer la fête natale pour de bon.

Les quelques voisins qui habitaient pas trop loin de la propriété d'Anglaisien située à deux kilomètres du bourg étaient les rapporteurs au centre du bourg du va-et-vient d'Anglaisien de son territoire à En Bas-Morne. Depuis qu'Anglaisien avait garé sa Jeep et était sorti en compagnie de Miss Oloffson, tout le voisinage était vide. Personne ne voulait être la proie de Sarasin. Ils profitaient de leur absence pour se réjouir ouvertement. D'autres voisins de la zone, à qui Anglaisien et Miss Oloffson avaient rendu visite, vinrent leur dire ce qu'ils avaient entendu. Ils envahirent le dessus du kénépier tandis que le nouveau couple célébrait « la fête natale » au-dessous. Très tôt le lendemain matin, certains battirent des ailes pour dire bravo et d'autres miaulèrent pour exprimer leur cynisme.

Après avoir prié, ils sortirent de leur tente et s'étirèrent. Ils prirent leur petit déjeuner en dégustant également le reste de raisin de Chardonnières de la veille. Miss Oloffson contemplait en face d'elle la mer bleue ciel calme, pendant qu'Anglaisien pliait la tente. Elle lui proposa :

Au quartier Calvaire

—Veux-tu que nous allions là où se trouvent le meilleur puits de la ville et la tour ? J'aimerais atteindre le sommet.

— Tu n'as pas peur de la hauteur ? Tu as un bon sens de l'équilibre ?

— Si tu veux, je peux grimper avec toi aussi.

— Non merci, Tav, moi je puiserai de l'eau pour remplir nos bidons et nos gallons.

Ils quittèrent leur territoire. Arrivé au quartier « Calvaire » où la tour et le puits se trouvaient, Anglaisien gara sa Jeep derrière la place, près d'une touffe de bananiers, et ils se faufilèrent sous les arbres pour y pénétrer. Les autres visiteurs étaient entrés par un accès à l'opposé d'eux. Ils se retrouvèrent face à face ! Quel brouhaha ! Les gens, vieux, jeunes, adolescents, hommes, femmes, garçonnets et fillettes qui étaient venus puiser de l'eau fraîche avant les grandes chaleurs du mois de juillet s'enfuirent avec et sans leurs vases. Certains tombèrent, d'autres sautèrent les haies de deux propriétés voisines de la scène et un autre groupe regagna la rue Calvaire, celle située devant la place en question.

Anglaisien dit à sa femme :

— Quand nous accepteront-ils comme faisant partie des leurs ?

— Quand j'aurai un enfant de toi !

— Hier soir, qui sait ?

— Nos curieux voisins : oiseaux et chats marron, en ont été les témoins.

— Nous ne leur avons prêté aucune attention !

— Qu'ils ne reviennent plus !

— Jusqu'à maintenant, ce sont les seuls voisins avec lesquels nous pouvons nous amuser. Ils peuvent revenir, déclara Anglaisien.

— J'aime mon intimité. Ils peuvent revenir, mais pas quand nous faisons l'amour.

— Bon ! Je leur dirai cela ! Tav, va donc là-haut, j'ai presque terminé de puiser.

Miss Oloffson grimpa avec l'aisance d'une chatte la tour à travers des œillets de fer alignés les uns après les autres. Le temps pour Anglaisien de remonter le vase plongé dans le puits, Miss Oloffson était déjà au sommet de la tour. Elle dit à son mari :

— Tu ne connais pas ta région, tu dois venir ici avec moi pour mieux l'observer, l'identifier et la contempler. Regarde-moi ça, les arbres à pain, les palmiers, les cocotiers, les manguiers, les kénépiers, les caïmitiers, etc., sans parler de la vaste mer depuis Port-à-Piment jusqu'ici.

— Tav, personnage extraordinaire de la fête natale de la veille, ton mari ne viendra pas te rejoindre.

— Le puissant personnage de la veille a peur d'une hauteur d'environ vingt mètres. Viens voir le petit lac d'hier, ta place préférée pour le port international. Tout est calme là-bas. Monte et regarde !

— Allons faire une plongée là-bas et la fête natale continuera.

— Tu l'as demandé ! s'exclama Miss Oloffson.

Connaissances à Caïman

Elle descendit. Anglaisien embarqua les bidons et gallons d'eau à l'arrière de sa Jeep et partit avec sa femme pour Caïman. Il décida de retrouver et de rencontrer à Caïman le plus grand nombre possible de ses parents pour surmonter l'accusation et l'aliénation de l'affaire de Sarasin. Il se gara au milieu du sentier principal du village, puis, debout sur sa voiture, il proclama : « Je suis l'arrière-petit-fils de Marie Poupa et de Cédé L'Espoir, j'aimerais retrouver et rencontrer mes parents. » Parmi les compliments qu'on peut adresser aux gens de Terre Haute pour les relations parentales, ils méritent ceux-là ! En un clin d'œil, le sentier se remplit de gens du nord au sud. Ils commencèrent à lui raconter comment ils s'étaient rangés soit du côté de Poupa, soit du côté de L'Espoir. Anglaisien fit monter sa femme tout près de lui et la leur présenta. La majorité d'entre eux dirent : « Il a une très belle femme, il nous donne une belle parente. » Un petit nombre déclara : « Ne pouvait-il pas trouver une femme noire ? Pourquoi une «ravette blanche» » ? Certaines jeunes femmes, filles des gens de cette minorité, voulurent tester Miss Oloffson à la demande de leurs parents. Ils descendirent de la jeep et allèrent vers le rivage tout près du petit lac. Quelle différence entre hier et aujourd'hui ? Pas de tumulte, tout était calme. Ils portaient déjà leurs maillots de bain sous leurs vêtements. Ils les retirèrent et plongèrent dans la mer profonde du village de Caïman. Ils essayèrent d'atteindre le fond. Miss Oloffson nagea aisément sous l'eau. Anglaisien remonta tout de suite, faisant la planche en l'attendant. Après environ quinze minutes, elle revint et se jeta affectueusement sur Anglaisien qui était sur le dos. Ils plaisantèrent.

Tout à coup, dix jeunes femmes portant des pantalons très courts et très serrés et des soutiens-gorge ressemblant à des maillots de bain se jetèrent dans la mer tout près d'eux. Anglaisien entendit l'une d'entre elles rouspéter ainsi :

— Nous allons faire boire la tasse à cette « ravette blanche » !

Anglaisien sortit de l'eau et dit en anglais à sa femme :

— *Watch out! They mean evil! Take them to Scandinavia.* Fais attention ! Elles ont de mauvais desseins ! Va jusqu'en Scandinavie avec elles.

— *Leave them there!* Laisse-les là-bas !

— *No, come back with them!* Non, reviens avec elles !

— *Yes, majesty!* Oui, Majesté !

— *Will I be tonight?* Le serai-je ce soir ?

— *Of course! I was talking about the other kind of majesty.* Bien sûr ! Je parlais de l'autre genre de majesté.

— *When are you going to stop?* Quand vas-tu t'arrêter ?

— *Ever!* Jamais !

— Je vais boire de la noix de coco de chez la cousine de ma maman, madame Guilnor.

— Gardes-en deux pour moi.

Pendant ce temps, les dix femmes avaient encerclé Miss Oloffson. Tipiment, la plus petite et la plus experte sous l'eau, portait ce surnom depuis son enfance parce que sa mère avait constamment mangé du piment durant sa grossesse. Mais son vrai prénom était Immacula. Elle plongea et tira Miss Oloffson sous l'eau par les deux pieds. Celle-ci céda et descendit avec elle. Arrivées au fond, Tipiment sauta sur elle afin de l'étouffer. Miss Oloffson s'échappa comme une anguille et nagea à la vitesse d'un poisson, toujours sous l'eau. Tipiment la poursuivit. À bout de souffle après une très longue distance parcourue sous l'eau, elles refirent surface.

Miss Oloffson était dans son élément. Elle respirait calmement, tantôt faisant la planche, tantôt nageant timidement de dos pour attirer Immacula dans les profondeurs avec elle. Les neuf autres femmes suivirent Immacula pour l'aider. Exactement ce que Miss Oloffson voulait, afin de les amener en Scandinavie, selon les dires de son mari, c'est-à-dire au fond de la mer de Caïman. Elle nageait sur le dos, tandis que les autres étaient sur le ventre. Arrivées au large de Chardonnières, la ville voisine de Les Anglais vers le nord, Miss Oloffson, au milieu de ces femmes tout essoufflées, leur fit remarquer : « Nous sommes très éloignées de la terre, nous allons revenir et nous avons besoin les unes des autres. N'ayez pas peur ! » « Nous allons toutes périr ! », déclara Tipiment avec découragement. « Non ! Personne ne périra ! affirma Miss Oloffson. À ce propos, tout le monde sur le dos ! »

Elles s'exécutèrent. Elle leur demanda ensuite de respirer et de faire entrer l'air dans leurs poumons ainsi : « Fouhh, feinff ». Elles obéirent tandis que Miss Oloffson nageait derrière elles. Elle les surveillait et les commandait. Arrivées à mi-distance environ, elle leur dit : « Nous sommes des soldats de l'armée féminine de Caïman. Bon travail ! Redoublons d'ardeur pour la distance qu'il nous reste à parcourir. »

Pendant ce temps, à terre, les gens de Caïman qui avaient accueilli Anglaisien comme s'il était leur parent lui en voulaient à cause de l'absence de ces dix jeunes femmes. Ils cherchaient querelle. « Tu as amené cette «ravette blanche» ici pour noyer dix de nos jeunes femmes », dit l'une des mères pour jeter de l'huile sur le feu. Anglaisien leur dit : « N'ayez pas peur de cette femme blanche étrangère qu'elles embêtent et appellent «ravette blanche !» Je vous garantis que ma femme, Miss Oloffson, reviendra rouge comme un homard, contrairement aux dix femmes qui seront blanches, fatiguées mais vivantes. » La foule se calma quelque peu après l'avoir écouté.

Tout à coup, un jeune homme qui était sur un cocotier accourut vers eux et leur dit : « J'ai vu des mouvements de gens qui nageaient en groupe. Il faut jeter nos canots à la mer et aller les chercher. » Six armateurs de trois canots partirent en direction du groupe. En allant vers elles, ils entamèrent un chant d'imploration dans la détresse. Ils se tenaient parallèlement en ramant avec des mouvements identiques. Quand ils parvinrent à hauteur des femmes, Miss Oloffson leur fit signe de se positionner à droite, à gauche et derrière elle. Les armateurs furent étonnés de voir comment cette femme blanche, devenue rouge comme un homard, contrôlait le groupe en lui demandant de respirer, de faire rentrer de l'air dans ses poumons et de bouger les jambes. Elle nageait parfois sur le dos, sur le ventre et à la verticale selon le message qu'elle voulait faire passer à sa troupe de dix femmes. Les six armateurs des trois canots l'admiraient déjà et ils contemplaient le rythme « feinff, fouhh » respecté par les nouvelles élèves.

Ils touchèrent terre ! Les quatre armateurs des deux canots de devant sortirent de l'eau en premier. Ils commencèrent par tirer les canots sur le sable, entre la mer et le petit étang saumâtre. Miss Oloffson sortit et alla se jeter dans les bras de son mari qui l'enveloppa dans un drap blanc et alla la coucher sur un hamac chez la cousine de sa mère, Mme Guilnor. Le troisième petit canot toucha terre en dernier. Les dix femmes étaient allongées sur le dos, inspirant et respirant toujours au même rythme et ne se souciant pas d'être étendues sur le sable avec les jambes bien écartées.

Le calme était revenu ! Elles burent du lait de coco, mangèrent un peu puis burent de nouveau du lait de coco, toujours à la même place. Elles reprirent un peu de forces et allèrent chez Mme Guilnor voir Miss Oloffson. Celle-ci était toujours couchée dans le hamac, enveloppée dans son drap blanc et poussée d'avant en arrière par son mari. Somnolente, mais consciente que les dix femmes étaient vivantes et présentes. Immacula, appelée aussi Tipiment, prit la parole : « On dit toujours que les Blancs sont des racistes, peut-être qu'ils le sont beaucoup plus que les Noirs. Mais il n'y avait aucune raison majeure qui m'a poussée, avec les neuf autres, à attaquer Miss Oloffson. Sans son aide, le village de Caïman serait en deuil : dix jeunes femmes, dont moi-même, auraient disparu. Ma belle et bonne cousine, je te remercie de nous avoir aidées à retourner sur le rivage tout en nous enseignant les astuces de la respiration en natation. Nous te donnons la clé féminine de la mer de Caïman. Nous sommes tes soldats, reviens nous entraîner. Tu es notre sergente. Une fois de plus, mille mercis ! » Miss Oloffson descendit du hamac, serra Immacula et l'embrassa, ainsi que les neuf autres. Elle prit l'engagement avec elles de renouveler l'entraînement le lendemain. Outre ces dix personnes, beaucoup d'autres jeunes femmes apprirent de Miss Oloffson l'art de nager. Elles étaient devenues de telles expertes qu'elles possédaient désormais des canots et des nasses et entraient en compétition avec les hommes pêcheurs de Caïman. Quand Miss Oloffson revenait dans la zone de Caïman, son logement était empli de poissons rouges, roses et de homards bruns et rouges.

De retour chez Terre Haute

Deux semaines passèrent. Miss Oloffson s'était consacrée à la cause des jeunes femmes de Caïman et Anglaisien avait rendu visite aux différentes compagnies qui travaillaient dans leur domaine respectif. Sous la pression de Miss Oloffson, ils revinrent chez Terre Haute. Il entra la tête baissée, derrière sa femme, sachant qu'il était coupable d'un retard important. Terre Haute, la Silhouette, salua Miss Oloffson avec une révérence et interrogea son fils Anglaisien :

— On ne se voit plus du tout ?

— Si, Maman, mais je suis très occupé avec ta nièce, Miss Oloffson.

— Pourtant, elle serait ici avec moi depuis bien longtemps si son Zouzou ne l'en empêchait pas. Tu réagis comme Adam. « La femme que tu as mise auprès de moi. » Irresponsable !

— Manmie, elle est belle et charmante !

— Ta maman n'a joué aucun rôle dans cette affaire ?

— Tu connais toute chose, Maman !

— Et pourquoi cette attitude ?

— Bon, je ne veux pas être roi, Maman ! Choisis-en un autre !

— Miss Oloffson, approche et écoute les charabias de ton lâche de mari ! « Je ne veux pas être roi, Maman ! Choisis-en un autre ! « Un natif de la «Côte !» »

— Ma tante, parfois il est niais et ridicule !

— Bravo, ma nièce-fille ! la félicita Terre Haute.

— Que dis-tu toi-même ? demanda Miss Oloffson à son mari.

— Je n'ai rien à dire ! répliqua Anglaisien.

— Alors, tu es lâche et ridicule.

— Comme tu veux. Seulement, tu es la femme d'un homme lâche, ridicule et niais !

— Terre Haute, il m'a dit qu'il n'y a que trois types de… Anglaisien posa sa main sur la bouche de Miss Oloffson pour l'empêcher de finir sa conversation avec Terre Haute au sujet des trois types de rois qui existaient en Haïti. Celle-ci répondit :

— Il sera le troisième type de roi s'il ne change pas d'idée.

— Que sont-ils, ma chère tante ?

— Le roi, il saura ; le roi, il ira au petit coin ; et le roi, il apprendra de sa sottise !

— Le roi, tu apprendras de ta sottise, sourit Miss Oloffson.

— Tu es la femme de ce roi.

— Tu dis vrai, soyons sérieux maintenant !

— Ta tante et toi devez me dire comment faire.

— Es-tu attentif ?

— Bien sûr ! Je n'ai pas d'autre choix.

— Parle, Terre Haute ! répliqua Miss Oloffson.

— Anglaisien, je veux devenir un royaume. Tu as toutes les possibilités en toi et avec toi pour mener cette mission.

— Raconte-moi, Maman.

— Miss Oloffson et toi, vous allez commencer à Caïman. C'est là que se trouvent, dans toute la commune de Les Anglais, des gens qui croient que vous êtes réels et que vous n'êtes pas des agents de Sarasin. Demandez aux dix jeunes femmes de la dernière fois, avec Tipiment à leur tête, de venir régulièrement vendre des poissons rouges et roses en ville dans leurs canots et de vous rendre visite dans votre camp non loin d'ici. Profitez de l'occasion pour les reconduire au port. En chemin, les gens du bourg verront et sauront tous que vous êtes comme eux. À partir de là, chacun de vous appliquera sa stratégie pour gagner le centre-ville et tout le reste de la commune. La révolution royale doit commencer dans ta commune natale.

— Merci, Maman. Miss Oloffson, retournons à Caïman ! ordonna Anglaisien.

— Attends, monsieur, pas si vite ! répliqua Terre Haute.

— Excuse-moi ?

— Beaucoup de gens vont se poser des questions sur tes origines. Parle-leur de Durocher Marc-Luc, ton grand-père, le père de ta mère, de ton arrière-grand-père maternel, Cédé L'Espoir et de sa femme, ton arrière-grand-mère, Marie Poupa.

— Faut-il aussi leur parler de mon papa Cayen, Marc Sudois ?

— Oui, et des vacances que tu as passées ici, à Les Anglais et à Chardonnières durant ton enfance, ton adolescence et ta jeunesse. Miss Oloffson, de son côté, jouera avec les enfants partout où tu seras occupé à faire passer ton message.

— Quel sera mon message, Maman ?

— Terre Haute sera bientôt un royaume et la terre des nations !

— Personne ne tentera de me tuer ?

— Bien sûr, il y en aura.

— Que dois-je faire ?

— Te défendre et te protéger !

— Que penses-tu des partisans de la politique traditionnelle ?

— Ce seront tes opposants !

— Comment les vaincre ?

— Qu'en dis-tu ?

— Par le jeûne, la prière d'intercession et l'adoration !

— Magnifique ! Tu es prêt à partir.

Dans leur camp

Anglaisien et Miss Oloffson laissèrent Terre Haute. En allant à leur camp, Anglaisien dit à sa femme :

— Tu es contente ? Ta tante et toi m'avez piégé.

— Grâce à ce piège, ta femme, la petite-fille d'Octav Oloffson, sera reine en Terre Haute.

— La prophétie de ton grand-père s'accomplira.

— Et pourquoi pas ? Il s'était allié à ton grand-père, mon grand-père aussi, Durocher Marc-Luc, le sage.

— Parfois, il venait nous visiter aux Cayes et il priait toujours pour moi pour que je rencontre la femme de ma vie.

— Mon papa, Gustav Oloffson, me disait cela tout le temps quand j'étais une fillette. « Ton grand-père a déjà prié pour l'homme de ta vie ». Grand-père est mort quand j'avais onze ans.

— C'est pourquoi je n'étais pas intéressé par le fait de me marier avec n'importe qui.

— Pareil pour moi, mon Zouzou.

— Tav, je t'aime.

— Zouzou, je t'aime sincèrement.

— Je le sais, ma cousine !

— Ah ! Oui ! Mon cousin !

— Une fois au camp, par quoi va-t-on commencer ?

— Chéri, nous allons bien manger, nous reposer, bien nous amuser, prier et réfléchir à nos stratégies de bataille.

— Cette guerre sera gagnée bataille après bataille, une fois pour toutes !

— Amen !

Une fois rendus à destination, ils se reposèrent. Ils mangèrent, puis se reposèrent à nouveau. Ils allèrent voir la mer, pas trop loin de leur camp. Ils visitèrent à nouveau les animaux voisins qui les félicitèrent par des gestes, des cris et des miaulements. Ils retournèrent au camp et prièrent. Ils s'étaient très bien amusés. Ils s'endormirent.

Ils plongèrent dans un profond sommeil et Anglaisien rêva. Il avait dans sa main droite une épée tranchante des deux côtés et devant lui cinq arbustes à couper d'un seul coup l'un après l'autre, en disant d'abord : « L'International, laissez-nous en paix ! » Puis : « Les démons de notre race, foutez-le camp ! » Ensuite : « La corruption, allez-vous-en ! » Après : « Le complexe d'infériorité, retournez chez vous ! » Et enfin : « La paresse, enterrez-vous ! »

Il coupa successivement les cinq arbustes d'un seul coup d'épée.

Miss Oloffson, de son côté, rêva qu'elle ramassait après Anglaisien une quantité de dépouilles et les brûlait jusqu'aux cendres. Tous deux se réveillèrent ensemble en sursaut aux environs de 3 h du matin. Anglaisien raconta son rêve à sa femme et elle fit de même.

— Tav, ma chérie, nous avons besoin d'une interprétation de nos deux songes.

— Zouzou, nos deux songes en sont en réalité un seul.

— Comment ça, Tav, mon amour ?

— Zouzou, amour, mon songe complète le tien.

— Explique-moi, ma chérie !

— Tu as coupé les arbustes d'un seul coup, ils sont tombés. Moi, je les ai ramassés et brûlés !

— Magnifique, tu es Joséphine ou Danielle ?

— J'aimerais être les deux en Terre Haute pour assister le futur roi.

— Double chapeau, Joséphine et Danielle. Nous avons besoin d'une stratégie ou de stratégies pour commencer.

— Nous irons bientôt à Caïman entamer notre campagne royale.

— Nous aurons besoin de forces. Rendormons-nous.

Ils s'enveloppèrent et se rendormirent. Il était 6 h quand ils se réveillèrent à nouveau. Ils firent les préparatifs et prirent leur petit déjeuner. Ils se rendirent ensuite à Caïman. Là, ils allèrent à leur place habituelle, tout près du petit lac saumâtre.

La troupe féminine des pêcheuses de Caïman venait juste de rentrer avec quantités de poissons rouges, roses et de homards bruns et rouges. Ils observèrent la vente de la troupe et achetèrent aussi des poissons.

Le boucanage

Anglaisien et Miss Oloffson décidèrent de boucaner des poissons et des homards au bord du rivage pour attirer d'autres gens du village et des passants. Anglaisien alla acheter du bois pour le feu tandis que Miss Oloffson et sa troupe commençaient à nettoyer les poissons et les homards achetés à cette fin. Une grosse cuvette fut remplie de poissons rouges, roses et de homards bruns et rouges déjà nettoyés et légèrement assaisonnés pour le boucanage.

Anglaisien arriva avec deux autres jeunes garçons portant chacun un gros fagot de bois bien amarré sur leurs épaules. Trois boucans étaient déjà allumés. Les poissons rouges, roses et les homards bruns et rouges changèrent de couleur sur les trois boucans, sous la pression des bois de campêche rouge venant de « La Source », un village non loin de Caïman, réputé pour cette essence de bois.

Les odeurs mêlées du boucanage attirèrent les passants et les villageois, les invitant à être de la partie. Lors du premier tour de ce grand boucanage, plus d'une centaine d'adultes étaient présents, sans compter les enfants. Le temps de finir avec le troisième tour de boucanage, plus de cinq cents adultes, hommes et femmes, mangeaient déjà un morceau de poisson ou de homard boucané. Certains jeunes hommes profitèrent du reste du feu des trois derniers boucans pour y jeter des patates douces, des arbres à pain mûrs, des graines d'igname, des bananes, « des mazonbels » et des « malangas ».

Le message

Anglaisien et Miss Oloffson saisirent cette occasion pour faire passer leur message. Elle rassembla les femmes et les enfants tandis que lui réunissait les hommes. Tous deux convainquirent leur groupe respectif que Terre Haute deviendrait un royaume et serait aussi la terre des nations. Avant l'angélus du soir, la nouvelle se répandit jusqu'au centre-ville de Les Anglais et plusieurs autres villages. Les passants qui avaient participé à l'assemblée parlaient de la bonté de ce couple et souhaitaient même qu'il devienne roi et reine en Terre Haute.

Ce soir-là, Anglaisien et sa femme dormirent au village de Caïman afin qu'elle aille à la pêche très tôt avec la troupe des pêcheuses du village. Ce qu'elle fit. Elle les conduisit par la mer jusqu'au centre-ville pour alimenter la ville de Les

Anglais en poissons et homards pêchés régulièrement par la troupe. Les gens du bourg l'appréciaient beaucoup. L'heure de midi était devenue le rendez-vous des poissons rouges, roses et des homards bruns et rouges à la rade de la ville de Les Anglais.

Il ne fallut pas longtemps avant qu'Anglaisien et Miss Oloffson ne deviennent les chouchous du centre-ville et des alentours.

La campagne

Ils réparèrent et utilisèrent un vieux bateau à voile et à
moteur que leur grand-père, Octav Oloffson, avait laissé
chez les frères Emicar des Cayes avec qui lui et Durocher
Marc-Luc pêchaient au large d'Île-à-Vache et de St. Jean du
Sud quand ils étaient en vacances dans le sud de Terre Haute.
Ils continuèrent ainsi de constituer des troupes féminines de
pêche et de boucaner des poissons et homards tout le long
du rivage de la presqu'île de Terre Haute depuis le sud-est, le
sud-ouest, l'ouest, le nord-ouest et le nord-est.

L'équipage était composé des dix jeunes femmes de
Caïman, des six armateurs des trois petits canots de sauvetage
de l'affaire de Caïman et du couple Sudois. Ils vinrent les
rejoindre aux Cayes par Théardo en autobus après la réparation
du vieux bateau en question. On était en septembre. Ils

naviguèrent des Cayes à Belle-Anse dans le sud-est. À part Miss Oloffson qui était une professionnelle alliant théorie, pratique et expérience, c'étaient tous des amateurs comptant sur Dieu et sur l'expertise de Miss Oloffson. Là, à Belle-Anse, ils commencèrent, côtoyant Jacmel, Bainet et Côtes-de-Fer ; dans le sud, d'Aquin à Tiburon, y compris Île-à-Vache ; dans le sud-ouest, de Les Irois, Anse d'Hainault, Dame-Marie à Jérémie ; en laissant Jérémie, de Les Cayemites, Pestel, Baradères, Petit-trou de Nippes, Miragôane à Petit-Goâve ; de Grand-Gôave, Léogâne à Cité Soleil, Port-au-Prince ; de Cabaret, Arcahaie, Montrouis, La Gonâve, Saint-Marc à Gonaïves ; et enfin de la baie de Henne, Môle Saint Nicolas, Port-de-Paix, Île de la Tortue, le Borgne, Cap-Haïtien à Fort-Liberté.

Certaines traversées furent difficiles. En laissant Bainet pour entrer à Côtes-de-Fer, le vieux bateau craqua dans la mer agitée. La prière d'intercession à Dieu au nom de Jésus-Christ et la vigilance de l'équipage permirent de traverser ce moment difficile. Apeuré et inquiet, Anglaisien regardait sa femme piloter dans cette mêlée de vagues très hautes. Elle, à son tour, le regardait et lui souriait, d'un air signifiant : « Notre tout-puissant Créateur a le contrôle et le sang d'Oloffson aime ces défis ». Anglaisien lui souriait aussi et secouait la tête comme pour dire : « Quelle bénédiction j'ai obtenue de mon Créateur ! » Pour atteindre le fond sud-ouest, ils jetèrent l'ancre à Caïman pour revoir leurs proches et embarquer quatre petits canots et cinq nasses de roseau pour faciliter leur pêche dans cette campagne de boucanage. Au large de Dame-Marie pour atteindre Jérémie, des Léviathans de la mer et des monstres marins voulurent les faire chavirer. Quel tumulte ! Leurs recours étaient toujours la prière et une parfaite harmonie. À un moment donné, Anglaisien pria ainsi : « Nous ne mourrons pas, nous vivrons et nous raconterons les œuvres de l'Éternel parce que nous faisons la volonté du Créateur et Son dessein est que Terre Haute devienne un royaume et la terre des Nations ».

En retournant de Fort-Liberté à Les Anglais, en côtoyant certains villages où ils ne s'étaient pas rendus à l'aller, le vieux bateau avait déjà un nom : O.O. La nouvelle avait déjà été répandue dans ces villages par ceux qui étaient venus au marché de leurs villes côtières respectives quand le vieux bateau mouillait dans leurs ports. Ces deux lettres, O.O, les initiales d'Octav Oloffson, étaient inscrites sur les quatre côtés de ce vieux bateau. L'équipage ne manqua pas de ravitailler ces villages au retour.

L'Observation

Moi, Anglaisien, voilà ce que j'avais remarqué en revenant : tout d'abord, nous étions au début du mois de novembre. D'ordinaire, au cours de ce mois, le vent du nordé soufflait, ce qui pouvait causer des dégâts. Mais, pour une raison ou une autre, c'était une brise fraîche et légère qui nous poussait facilement de port en port. Le vent et la mer de Terre Haute collaboraient déjà en notre faveur. Il pleuvait chaque soir de minuit à 4 h, ce que les agriculteurs aiment le plus. Pour les villageois, cela ne dérange en rien. Et cela fortifie beaucoup plus les semences, les plantes et tout le reste du règne végétal.

Dans les villages, personne ne nous résistait et ne s'opposait à nous comme à l'aller. Les généraux forcés qui avaient émergé pour les gains sordides des seigneurs de la drogue et du kidnapping, tels : les Titoutou, Tiloulou, Problématique, Tête chargée, Tipapa,

Tipape, Enragé, Chien Enragé, Chien Fou et autres, tous avaient déposé les armes pour s'enrôler dans l'armée professionnelle indigène d'autrefois, laquelle armée partageait Terre Haute avec ses civils, parce que, peu de temps auparavant, ils combattaient tous pour l'indépendance. Après, ce *fut la belle vie. Parfois, ils s'asseyaient ensemble, se rappelant leur stratégie de bataille, comment un civil passait pour un soldat et un soldat pour un civil.*

Ne pas accorder à Terre Haute le privilège de rebâtir son armée professionnelle indigène est une profonde injustice et un tumulte froid. Le royaume aura besoin de toutes les branches de l'armée et surtout de celle des gardes du palais qu'Ingleterra a déjà promis à sa sœur Terre Haute de mettre en place pour elle. Cette armée avec toutes ses branches remplacera la toute première, c'est-à-dire l'armée indigène. Elle doit être plus indigène que la première en ayant ses quartiers généraux tout près des anciens forts coloniaux, qui serviront de lieux touristiques, et à d'autres endroits stratégiques. Elle s'occupera de la majorité des infrastructures qui devront être mises en place.

L'art militaire est un don pour la plupart des fils de Terre Haute en dépit de la défection de certains pour l'armée de l'Autre. Au sein de la première armée, l'indigène, il y avait des génies militaires, à l'instar d'Hannibal, Cromwell, Napoléon, Wellington et Colin Powell. Ces génies referont surface. Laissez-les se regrouper et donnez-leur la bonne orientation au lieu de les faire passer pour des marionnettes. Qui sait ?

Il y avait une lueur d'espoir et un avenir à l'horizon ! Les gens que nous avions rencontrés en rentrant ne manifestaient pas d'égoïsme, d'égocentrisme, n'avaient pas un ego haïssable, de l'avarice et ne se disputaient pas comme auparavant. J'avais observé des sourires aux gencives rouges, roses et violettes chez la plupart d'entre eux. Ils s'entendaient ! Quel miracle ! J'avais l'impression que tous les démons qui infestaient Terre Haute étaient retournés dans l'abîme de l'enfer d'où ils étaient sortis et auquel ils appartenaient.

Cette campagne plaisait à la majorité des gens de terre Haute et ils croyaient fermement au message d'Anglaisien et de Miss Oloffson : Terre Haute serait un royaume et la terre des nations.

Le choc

Messages proclamés, passés, reçus et en train d'être appliqués ! Ils retournèrent chez eux, ils mouillèrent à Caïman, déposant les seize membres de l'équipage sains et saufs avec leurs quatre petits canots, des provisions en grande quantité et sans nasses. Elles étaient toutes éreintées après avoir attrapé tant de poissons et de homards. Le couple Sudois retourna mouiller O.O. en face de son territoire, au village Aubourg, tout près de la demeure de Terre Haute, En Bas-Morne, Les Anglais, aux environs de 5 h de l'après-midi ce 30 novembre. Le soir, Miss Oloffson demanda :

— Quand irons-nous rendre compte à Terre Haute ?

— Pourquoi ? Tout est fait !

— Tout est fait ? Tu ne vas pas devenir roi ?

— Nous sommes déjà roi et reine !

— Comment ça ?

— Nous régnons dans le cœur de la majorité des gens de Terre Haute ! Et nous avons constaté et vu cette grande lueur de changement et cet avenir prometteur !

— Oh ! Oh ! Oh ! Zouzou ! Tu ne vas pas être roi ?

— Peu importe que je sois roi ou non, la structure est faite, la base est là, et c'est tout. Bientôt, les rouges, les blancs, les blonds, les noirs, les chocolats, les marron, les bruns, les olive et les jaunes, tous seront de la partie aussi ! Et n'oublie pas, Tav, je t'aime de tout mon cœur. Et c'est ce qui compte vraiment. « C'est ainsi que l'homme quittera son père et sa mère et s'attachera à sa femme et tous deux deviendront une seule chair ».

— Moi, Miss Oloffson, bien qu'étant choquée, je me ressaisis et je suis d'accord avec mon mari. Nous avons bâti le fondement ou la base, c'est ce qui compte. Son grand-père et mon grand-père étaient de bons et vrais amis. Leurs prières ont été exaucées par Dieu et nous voilà ensemble. Ce qui est vraiment important, c'est l'amour en général. D'ailleurs, je me sens enceinte. « C'est ainsi que la femme quittera son père et sa mère et s'attachera à son mari et tous deux deviendront une seule chair ». Par la grâce du Créateur à travers Son Fils, Jésus-Christ, Terre Haute aura un très bon roi ou une très bonne reine et une super noblesse.

Terre Haute, ma chère, haute, jolie tante, tu as beaucoup souffert. Maintenant, tu es délivrée ! Jouis des temps merveilleux avec ton Créateur, tes fils, tes filles et tous tes neveux et nièces.

Le Créateur te bénit !

À SUIVRE...